中外神话故事

王海利　等编

吉林人民出版社

图书在版编目（ＣＩＰ）数据

中外神话故事 / 王海利等编. — 长春 : 吉林人民
出版社, 2010.10（2021.3重印）
　　（青少年探索文库）
　　ISBN 978-7-206-07100-3

　　Ⅰ.①中… Ⅱ.①王… Ⅲ.①神话—作品集—世界
Ⅳ.①I17

中国版本图书馆CIP数据核字(2010)第192131号

中外神话故事

编　　者:王海利
责任编辑:崔剑昆
吉林人民出版社出版（长春市人民大街 7548 号　邮政编码:130022）
印　　刷:三河市燕春印务有限公司
开　　本:700mm×970mm　　　1/16
印　　张:13　　　　　　字数:110 千字
标准书号:ISBN 978-7-206-07100-3
版　　次:2010 年 10 月第 1 版　　　印　　次:2021 年 3 月第 2 次印刷
定　　价:39.00 元

目 录

盘古开天辟地

　　通常，神话都是以开天辟地，创造世界为起点的。中国古代神话当然也不例外，同样是由此开始。所以，让我们不妨从此谈起，逐渐展示我国古代神话的神秘风采。

　　在中国古代神话中，天地是由盘古开辟出来的。关于盘古开天辟地的故事，在中国古代的典籍中有多处记载，足见其影响之大。经过对这些记载的整理，我们就可以得到一个非常完整而又生动的盘古开天辟地的故事。

　　在很久很久以前，宇宙中还没有天和地的区分，天和地是一体的，形状就像一个圆圆的大鸡蛋。在这个大鸡蛋中，万物都混合在一起，混沌一片，分不出清和浊，看不出物体的分别，天地之间是一种杂乱无章的状态。

　　就在这种混浊状态的鸡蛋形天地中间，不知经过了多少年

的孕育，产生了传说中的创世之神——盘古。盘古出生之后，一直孤单地生活在一片黑暗和迷离中，一直在不断地成长。经过了一万八千年，盘古的身体已经巨大无比，以至于鸡蛋形的天地空间盛放不开他的魁伟身躯了。然而，盘古的身体依然不停地成长，生生不息。

终于有一天，身体蜷缩在鸡蛋壳形天地中的盘古，周身的骨骼因不断地生长而嘎巴作响。他再也忍受不了这种与生俱来的黑暗、混沌和沉重的压抑，突然使出积攒了一万八千年的力气，将束缚自己的鸡蛋壳上下一撑，就听见一阵此起彼伏的轰然巨响，奇迹出现了。

只见大鸡蛋从中间吱吱哑哑地慢慢裂开，分成了两半，然后更加令人头晕目眩的事情发生了，天地开始旋转起来，同时发生着一系列神奇的变化：随着天旋地转，原来混沌中那些所有轻盈而又清澈的东西逐渐向上方飘去，慢慢地汇聚在一起，最后形成了现在的天；那些沉重而又浑浊的东西逐渐向下方沉积起来，慢慢地形成了广袤无垠的大地。

这时候的盘古顶天立地，终于能伸直自己的腰身，顺畅地呼吸和活动筋骨了，四周也一片豁达，澄明透彻。他伫立在天地间，却没有意识到自己已经成为开天辟地的英雄了。

天高地远，辽阔空旷的新境界使盘古体会到了前所未有的舒畅和轻松愉悦。盘古稍作了一下休息，忽然想到：要是天与地再合到一起怎么办，岂不是又恢复到了往日的混沌与黑暗中

去了？那可不是自己所能接受得了的。想到这儿，盘古就开始行动，以保护自己的劳动成果。他站在地上，用双手托着天，以防止他再同地重新合到一处。

天不断地长高，地也不断地加厚，盘古敏锐地感觉到了天地的生长，自己就随着他们一起长高。天在变化，地在变化，盘古也随着天地一起变化。据说当时天每日长高一丈，地每日加厚一丈，盘古也就同样随着他们一起长高一丈。天和地每天变化九次，盘古也随着变化九次。就这样，盘古脚踩大地，手托青天，一直过了又一个一万八千年，直到他三万六千岁的时候，天已长得高不见顶，地也变得厚不可测，盘古还是身塞天地间，身高九万里，也正好等于天地之间的距离。

这时候，天的长高停了下来，地也停止了加厚，天地的构造基本定型。盘古也随着他们停止了长高。此时的盘古，历尽艰辛，已是老态龙钟，一旦停止了他那顶天立地的工作，他也就走到了风烛残年的尽头。

就在盘古那伟岸的身躯即将倒下的一刻，他的整个身体开始发生了巨大的变化：他呼出的气变成了风和云朵，他说话的声音变成了雷霆和霹雳，他的左眼睛变成了光芒四射的太阳，他的右眼睛变成了皎洁明亮的月亮，他的手和脚变成了大地的四方支柱，他的五脏变成了五岳名山，他的血液变成了流动不息的江河溪流，他的筋脉形成了大地的框架轮廓，他的肌肉变成了田地里的沃土，他的头发和胡须变成了天上数不尽的繁

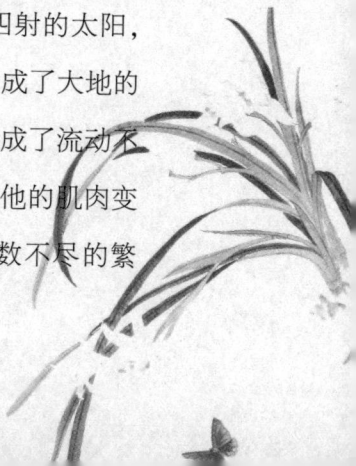

星，他的皮肤和汗毛变成了花草树木，他的牙齿和骨骼变成了金属和石头，他的骨髓和体液变成了珍珠和宝玉，他身上的汗水变成了雨露和甘霖。完成了这样的巨变之后，盘古倒下了，溶入了天地之间。这位伟大的创世英雄，在以毕生的精力为我们开创了天地之后，死后又把身躯的每一部分都献给了后人，完成了生命历程的最后升华。

正是因为盘古开天辟地，为我们创造了这个世界，所以后来的人们都对他致以了崇高的敬意，盘古已成为我们心中的创世之父。盘古的神话影响深远，在少数民族中也广为流传，在怒族中，就有关于盘古开辟怒江的故事。

后世的人为了表示对盘古精神的崇敬，据说在南海一带为他建造了一个巨大的坟墓，绵延三百多里，这也只能用来追葬盘古的神魂。同时，在南海一带，还有一个盘古国，全国的人都以盘古为姓。这些说法的确切的理论根据，今天已无处追寻，只给我们留下了一些神秘的气氛。这些也反映出人们对盘古的深切缅怀之情。

女娲造人补天

　　盘古开天辟地，为人们的生活创造了必需的条件，在这个条件的保证下，才有了人类生存的可能。那么人类又是怎样诞生的呢？在我们中国古代神话中，也给出了富有传奇色彩的答案：人类是由女娲创造出来的。

　　在战国时期伟大的浪漫主义诗人屈原的不朽诗篇《楚辞·天问》中有："女娲有体，孰制匠之？"的句子，后世的学者王逸对其中提到的女娲作注解说："女娲，人头蛇身。"

　　这是女娲的名字较早地出现在文献中，王逸对女娲相貌的描述也是较早的，而且影响了后世大多数人们对女娲形象的认识。有趣儿的是，我们今天的许多考古发现，都证明了王逸对女娲肖像描写的准确性。在我们发现的汉代的石刻与砖画中，就常常有人首蛇身的女娲的画像，例如山东嘉祥武梁祠画像石

中就有非常典型的人首蛇身的女娲形象。

女娲的形象反映了当时人们正处在生产能力较为低下的社会状态中，人们的一些能力不如某些动物敏捷和迅速，因此人们常希望自己在欠缺的某一方面也能具有同样的能力，因而就把理想中的神勾勒成了半人半兽的形象，这一点与西方的图腾崇拜的起源多少有些相似。在中国古代，龙是最受人们崇拜的神灵，其身体就是取象于蛇的，故女娲的形象是人首蛇身。很好的例证就是，在我们发现的汉代画像中，女娲有时也以人首龙身的形象出现。

关于女娲的形象，在汉代的画像中，她又常常与另外一个男性的人首蛇身的神缠绕在一起出现的。据专家们考证，认为同女娲的蛇身相缠绕的男性神是伏羲（后边我们将专门介绍）。同时在古代文献中也有关于伏羲与女娲是夫妻关系的记载，也有说二者是兄妹关系，这些说法用今天的社会发展史的观点来解释，我们可以认为女娲所处的时代，正是从母系氏族公社阶段向父系氏族公社阶段的过渡时期，所以才有了男性神的出现。这些都是人们随着时代的发展，对先民时代的理解不断丰富的结果。但是在所有的说法中，还是以女娲独立地创造了人的说法，逐渐为大家所公认，女娲也就成为我们公认的人类的祖母。

下面，我们就来回顾一下女娲创造我们人类本身的过程。

盘古开辟了天地之后，又在死后把自己的身体变成了花草

树木，山川河流，风雨雷电。这样，天地间就有了欣欣向荣的
景象。大神女娲就时常徜徉天地间，沐浴着阳光雨露，欣赏着
雾霭流岚，在花草树木的馥郁芬芳中流连忘返、到了晚上，月
华如练，繁星闪耀，又别有一番胜景。

　　女娲在这样的美景中经过了许多时光。哭然有一天，她感
觉到，这世界上似乎缺少一点什么东西，缺少什么呢？她在静
谧无声的大地上行走着，也思索着。不知不觉，她来到了一个
大水池旁边，正好有点疲倦，女娲就停了下来。她向水池中一
看，清澈碧透的池水中，映照出自己的影子。这时，她忽然有
了一种好奇心，随手抓起一块池边的黄土，和水池中的清水，
照着池塘中自己的样子，把这块黄土捏呀捏呀，最后捏成了一
个小小的泥娃娃，她随手把这个泥娃娃放到地上，这个小东西
竟然一下子伸展四肢，欢蹦跳跃起来，而且发出叽叽喳喳的声
音。女娲对自己的成果非常惊喜，她高兴地给这个小东西起了
一个名字叫做"人"。女娲兴奋起来，不断地找来黄土，和着
池水，继续她的伟大创作，她要造许多许多的人，使这个寂寞
的世界不再寂寞，而充满生命的气息。

　　随着女娲把黄土捏成的小人一个一个放到地上，他（她）
们就一个一个开始鲜活起来，欢呼雀跃，热闹非凡。他们先是
手拉着手围着女娲旋转，手舞足蹈，来感激女娲赐予了他们生
命和身体。女娲看到这些小儿女们的幸福的表现，也满怀欣慰
地笑了。

一批批的小人儿围着女娲转完圈圈，表示了真挚的情感之后，就一批一批地走向辽阔无边的原野，寻找各自生活的乐土去了。女娲只好不停地挖土、和水、捏人，放向原野。终于女娲有些体力不支，疲惫不堪了，她只好停止了工作，随身躺在了水池边，准备休息一下，再继续自己的工作。

女娲躺下之后，由于长时间的过度疲劳，很快就酣然入睡了。也不知道睡了多长时间，女娲终于醒来。这时，她感觉到浑身酸痛，非常想放松一下，恰巧在女娲的手边有一条藤，藤的一端直伸入水池中。女娲顺手扯起了这条藤，沾水的藤条带起了池塘边的一些泥土，这些泥土混合了池水，变成了泥点子.随着被挥动的藤条四处飞溅起来，纷纷落到池塘边的地上。说来也非常奇怪，这些泥点子也感应了女娲的神气，当他们落到地面上的时候，也纷纷变成了活灵活现的小人儿，他们也同女娲亲自用双手捏成的人一样，开始手拉着手，兴高采烈地环绕在女娲身边，欢呼、舞蹈，表达对女娲赋予生命的感激和敬爱。然后，他们也同样走入原野，寻找各自的家园去了。

女娲又一次被自己意想不到的创造所震惊，她一下子又精神振奋起来，心里充满了无限的喜悦。她站起身来，开始了新一轮的创造。

女娲开始把藤条放到池塘里，然后开始用力搅动藤条，把池塘中的泥土搅动起来，形成了泥浆。女娲把藤条在泥浆里蘸一下，然后马上抽出来，向岸边的空中挥舞，藤条带出的泥点

就纷纷扬扬地落到地面上，马上变成一个个活生生的人。女娲再把藤条放到泥浆里搅动，再向岸上挥舞，又有一批人诞生了……

女娲不停地重复这样的造人程序，一批一批新生的人不断地来到岸上，又渐渐散入原野。地上的人越来越多，逐渐变得熙熙攘攘起来，大地上一片生机，充满了生命的气息，再也没有了往日的空旷与寂寞。

这时候，女娲那满是疲惫的脸上开始露出了欣慰的笑容。她有了这么多儿女，再也不会感觉到大地上的无限寂寞了。地上的人也足够多了，她感到自己完成了一项伟大的使命，停下了手中的工作。

女娲心满意足地看着自己用双手创造出来的人类，欢乐愉快地生活在大地上，自己也每天都沉浸在幸福愉悦之中。就这样，她与自己创造出的儿女相依为命，共同生活在广阔的天地间。

不知不觉之间，女娲和自己创造的人类在大地上又生活了几千年。在这几千年里，风和日丽，物阜民康，人们都幸福愉快地享受着大自然赋予的宁静美好的生活。人们也逐渐学会了通过辛勤劳动获得食物和日用品的本领，逐渐地同自然形成了和谐的依存关系。也许是天地初生，定要经过几番风雨，才会真正地稳固下来，也许是上天的安排，人类注定要经过劫难的洗礼才会走向成熟。总之，人们过了一段美好时光后，天地之

间发生了开辟以来的一次巨大的变动——突然有一天，天塌地陷的灾难降临到人们的头上。

这时候的天地之间一片混乱。

不知什么原因，天上漏了一个大洞，大雨从洞中倾泻到地上。由盘古的双手和双脚变成的支撑天的四根柱也全部坏掉了，天塌了下来。天地又开始向混沌的状态回复。地面上到处都裂成一条一条巨大的缝隙，深不见底，把人们之间的联系也隔绝了。山林草原燃起了熊熊大火，终日不息，洪水也从四面八方以及大地的裂缝中涌出，大地陷入一片汪洋之中，人们只好聚集在分散的几块高地上，躲避这场天降灾难。被大火与洪水驱赶的猛兽也乘机袭击人民，一些老弱病残者无力保护自己，有的被猛兽吞食，有的被凶猛的老鹰啄食。更为凶狠的害人野兽是一条黑龙，它神出鬼没，令人防不胜防，许多人被它吞吃了。人民真正地陷入了水深火热之中。

女娲看到自己的孩子们突然遭受到了这样的灭顶之灾，就义不容辞地开始了拯救人类于水火之中的又一伟大工作，

女娲打算先把塌下来的漏着大窟窿的天补好。于是她就开始在整个世界的高山深壑和江河湖海中寻找补天的材料。女娲最后从大地上选取了最为精美的五种颜色的石头，作为自己补天的原料。她把这些石头垒放在一处，架起神火，把它们熔化开来，然后，女娲用五色石熔成的糊状石头在天的窟窿上不断地填补，石头液体马上就与天凝固在一处，经过不断地努

力，女娲终于把天的漏洞补好了。这样天上的暴雨停了下来。

天空的漏洞虽然补好了，但是由于失去了原来的四根支柱，变得飘忽不定，时时都有再塌下来的危险。女娲想了很久，终于有了解决这一问题的办法。她捉到了一只大乌龟，把它的四只脚砍下来，用来代替已经废掉的四根天柱，竖立在天地间的四方，天地终于又恢复到了从前的稳定状态。

补修好天之后，女娲又开始治理地上的混乱场面。她先凭借自己的神力，杀死了贯于害人的黑龙，驱走凶禽猛兽，保护好人类的生存；然后，女娲又从各地采来大量的芦苇，把这些芦苇烧成灰，再把这些芦苇灰填塞到大地的裂缝中去，弥合了大地的裂纹，使隔绝已久的大地又成为平坦连续的整体，人们又能够相互沟通了，同时也阻挡住地下洪水的喷涌。

女娲经过艰苦的努力，终于补好了苍天，填平了大地，使天地又恢复到了原来的状态。女娲保护了盘古开天辟地的成果，也拯救了自己创造的人类。从此以后，天地再也没有发生巨大的变化，人类也不断地繁衍生息，绵延到今天。

在我国的古代文献里，对女娲补天带给人民重生的幸福曾经作过生动的描写，以表彰和纪念这位鞠躬尽瘁的女神，《淮南子》中就曾描写到，由于女娲补好了天，填平了地，制止了洪水，驱杀了危害人类的野兽，人们获得了新生，春夏秋冬也恢复了原来的规律。人民幸福地生活在田园上，自然、和乐，感到自己一会儿像悠闲自如的牛一样自在自得，一会儿又像驰

骋的骏马一样洒脱自如。真是一幅人类生活在黄金时期的美丽的田园牧歌图。

女娲做完了这些工作之后，就乘坐着雷车由虬龙拉着，由灵蛇在车后边跟从，以及天地间鬼神簇拥着，登上了九层高的天宫，拜见天帝，汇报了自己的工作。然后，女娲就在天上住了下来。她从不向别的神夸耀自己的事迹，更是从不表述自己的功德。她认为自己做的事情只是顺应天地的规律，做了自己该做的，并没有什么特别的贡献。女娲的这种做法，形象地说明了真正有德行的人的品格的真髓。

正因为这样，后代的人们对女娲都世代地传颂。人们在缅怀其功绩的时候，都盛赞她的功德上及九天，下到黄泉。

到后来，人们不但把她看成始祖神，同时又把她看成了人类的保护神，而相传婚姻制度也是由女娲创立的，所以人们又把她当作最早的媒神来崇拜。

伏羲神话

如果说中国神话的起点是盘古开天辟地的话，女娲的造人救世则完成了中国远古诸神的生存空间的演绎。这一时期可以说是具有深远影响的比较纯正的神话传说时期。同时，因为这一时期历史记载的相对缺乏，所以这也成为我们对历史的最初的印象，历史的童年时期也就随着神话的流传而开始。我们不妨把盘古和女娲时期同历史相联系，可以称之为神话的历史。

神话与历史自此结下了不解之缘。

随着时代的演进，神话与历史相交融得越来越密切，历史逐渐走出神话，成为真正的历史记录。而在这一过程中，神话与历史长期共存，相互融合，相互补充的时期，目前较为普遍地被称为神王时代。在中国古代，这一时代大致相当于传说中的三皇五帝时期。夏禹是最后之终结者。

在三皇五帝之中，伏羲就成为第一位神话之王。我们不妨沿着历史的脉络，从伏羲开始，仔细地把握一下亦真亦幻的神王时期的丰富多彩的传奇故事。

伏羲的形象，我们在女娲创世一节中已经提到过，他是人首蛇身，或人首龙身。而且，伏羲同女娲的关系也非同寻常，有不同的说法，有的说是兄妹关系，有的说是夫妻关系。这些说法影响十分广泛，在我们周边的许多少数民族的神话传说中，都有着内容相似的说法。其原因，我们在女娲的神话中也作了初步的分析，是由于人类社会的进程决定的。当时处于母系氏族公社向父系氏族公社过渡的时期，所以开始有了不同关系的区分。所以，伏羲作为走出神话王国的第一位神性之王的地位，是十分恰当不过的了。至于，伏羲人头蛇身的形象，同女娲一样，是人们在远古时代图腾崇拜的影响之深刻反映。从伏羲之后，神话中的帝王不再以人兽复合型的形象出现了，而都代之以人的形象出现，但同时具有一些人不具备的其他动物特有的神力，当然也具有超出一切生物的神奇本领。

伏羲在古书里的称谓有许多个，如太皞、宓羲、宓牺、庖牺、炮牺……，不一而定。

伏羲的这些名字，有的是因为古代字体通假，而同音字相通用，有的则含有一定的特殊意义，在下文中，我们将会加以介绍。

关于伏羲的身世，有一段十分传奇的故事。

据说伏羲的母亲是华胥国的人。这个华胥国，也就是指古籍中的华胥氏之国，即这个国家中的人都姓华胥，所以伏羲的母亲就被称作华胥氏。

华胥国是一个充满了神秘色彩的王国。传说中，这个国家坐落在中原的北部，距离我们不知道究竟有几千万里远，总之，就当时人们的体力来说，不论你是走路去，还是坐车，或者乘船去，你都没有办法能够到达那个美丽的国度。只有神，因为他们具有超常的能力，才可能去到那么遥远的地方。

华胥国没有国王和任何一级的领袖，大家都顺其自然地生活在一起，人们也没有不良的爱好，都各自乐天知名，率性而为的生活、劳作。华胥国的人不会因为活着而沾沾自喜，也不会因为死亡而恐惧，所有人都听天由命，安度天年，因此也没有过早或意外的死去的现象。这里的人民不分远近亲疏，彼此之间都平等相待，所以人与人之间也没有爱和恨的纠缠。人们也不知道区分对和错，所以也就没有彼此之间的利害冲突。

由于华胥国的人民都能以天然淳朴的方式安身立命，待人接物，真正做到了心无杂念的天真处世，所以他们同周围的山林川泽，以及大自然的风云际会、晦明变化达到了浑然一体、水乳交融的和谐状态。每个华胥国的国民都具有了一定的神性，由于他们无所爱惜、顾忌，所以，他们也就无所畏惧。他们走到水里，水能承载住他们空灵的身心，而不去淹没他们；他们走入火中，火也无法点燃他们那沉静如水的躯体；他们的

身体也感受不到刀砍棍打的疼痛，抓来挠去的搔痒；他们在空中行走，如履平地，在半空中睡觉，就像踏踏实实地睡在自己舒适的床榻上一样；他们的视力可以穿透厚重的云雾；他们的听力也不受轰雷霹雳的干扰；高山峻岭也阻挡不住他们的脚步，他们可以像神一样地行走于天地之间。

伏羲的母亲出生于这样的一个与众不同，具有神性的国度中，自然她与生俱来就具有了先天的神性，因此许多文献中就称其为神母。

神母华胥氏从小就生活在条件优越的国度里，因而也形成了雍容华贵的气质，每每愿意在天地间游历名山大川，欣赏美妙的自然风光。

有一天，华胥氏游历到了位于东方的一个大沼泽边，这个大沼泽名字叫雷泽。雷泽一片汪洋，气势磅礴，吸引住了华胥氏，她就来到雷泽边尽情欣赏这无边光景。当华胥氏玩得兴致正好的时候，突然间看到雷泽岸边的泥土地上有一个巨人的足迹，足迹大得出奇。华胥氏好奇地把自己的脚放进那个大足迹中去，这时她的腹中悸动了一下，后来她就有了身孕。当十月怀胎之后，华胥氏生下了一个男孩，她给他取名叫伏羲。

伏羲的身世特点不难看出来——知母不知父为何许人也。这正是母系氏族公社的特点。从伏羲开始，其后的子孙都有了父系的归属，这说明了父系氏族公社应开始于伏羲时代。

由于伏羲是一个承前启后的转折时期的人物，所以后代为

其父亲做了许多判断（因为自伏羲时起，人们有了父系概念，所以不免要为伏羲寻根问祖了）。在众多的说法中，认为伏羲的父亲，即那个巨人脚印的主人就是那片大沼泽的主人——雷神。《山海经》中曾记载过，雷泽中的主人是雷神，且为人头龙身，这一点又同许多文献中描写的伏羲肖像相同，似乎二者真的有着深深的渊源。而且，伏羲曾经与用火有过一定的关系，这似乎也与雷电的作用相关联，一会儿我们再作进一步的介绍。

伏羲既然是神母所生，其隐约的父亲又是雷泽之神，当然也就是一代神王了，所以他生来就神异，能沿着天梯上下往来于天地间，古书中说伏羲是继天而王，为百王先，也就是说，他是神王时代的第一个帝王。

作为百王之先的伏羲，是人类进入父系氏族社会的第一位领袖，他自然要能为人民谋取福利，为改善人民的生存和生活条件而体现出自己的王者智慧。

那个时候人们都是靠打猎、捕鱼和采集野果为生。恶劣的自然环境，以及春夏秋冬四季的自然变化使人们很难获得数量稳定的衣食来源，人们每天都处于饥饱交加的状态中。人们大部分时间在为食物而颠沛流离，惶惶终日。

伏羲就开始为人们寻找出路了。他试着用绳子交叉打结，渐渐地形成了一个网状的东西，用它在河里捉鱼，一下子能捉到许多条鱼，马上提高了人们捕鱼的效率。人们按照伏羲的方

法，织成了许多渔网，很快捕捉到了足够多的鱼，吃不了的，又想办法晒干储存起来，等到日后找不到食物的时候，取出来充饥。后来，人们受到捕鱼的启发，把渔网改装一下，在树丛中撑起来，做成捕鸟的工具，这样又可以捕捉到大量的飞鸟作为食物。这样，人们就扩大了食物的来源和丰富了食物的种类。

有了足够的食物，并且食物的来源也相对稳定。人们再也不用终日因食物而处于恐慌状态之中了。但是，又怎样能使食物更易被人们消化和吸收呢？在这一方面，伏羲也作出了重要的贡献。

文献记载，伏羲又叫庖羲或炮牺。庖，古代称厨师；炮，显然是用火炮制之义。正如文献所说这两个名字的含义是"取牺牲以充庖厨"，就是"把一些用作食物的东西拿来装满厨房"的意思。"装满厨房"干什么呢？当然是为了进行适当的烹饪，以更加适合于人们食用了。

这说明，伏羲曾经改进了人们的饮食方法，所以我们也可以这样认为，他是人类的第一名厨师。

至于伏羲是怎样改进了人们的饮食方法呢？古文里说过，他帮助人民"蛮茹腥之食"，用今天的话来翻译，就是"改变了吃生腥食物的习惯"。根据这些，又根据伏羲的出生与雷神的暧昧关系，有人提出伏羲教会人们用火烧熟食物的说法，而且伏羲用的是雷电引起的山村之火。这个说法颇有一些道理。

不论伏羲用火与否，有一点是肯定的，即他肯定在人类的饮食方法上做出过重大的改进。

伏羲在改善了人们的饮食条件之后，人们由于有了充足的而又稳定的营养，不断强壮起来，人们对未知的世界的探究也越来越深入和广泛。为了帮助人们能更好地掌握探索事物规律的主动权，伏羲又为人们创造了宝贵的精神文化体系，即传说中的伏羲演八卦。

伏羲经过长时间的仰观天上日月星辰的运行变化，俯察大地上的山川河流的消长变换，春夏秋冬四时交替，和风雨雷电的幻化运行，又通过对人身的形体和心神的依存协调等，总结出万事万物统一遵循的规律系统，称之为八卦，这个系统记录了天地人间的所有信息。八卦即指：乾代表天；坤代表地；坎代表水；离代表火；艮代表山；震代表雷；巽代表风；兑代表泽。在这八种卦相的基础上，按照一定的方法推演，则每一个卦相又都可以推出八种卦相来，八八总共六十四卦。

伏羲认为这八卦所构成的体系是一个包罗万象的高度抽象的哲学体系。人们通过这个体系可以向上与天上的神明交换信息，向下可以探寻万事万物的内在规律。今天看来，这个体系所包含的哲学意义，仍然具有一定的合理性，当然，学术界对这一八卦系统是否真的由伏羲发明的，大多持怀疑态度。很多人认为，八卦是后人发明的，而为了推广，假托伏羲之名。仅凭这一点，也足以说明伏羲在他生活的时代中，为人类所作的

贡献，不仅仅局限于生存的物质层面，他同样也对人类的精神境界的提供做出过同样重要的贡献。

伏羲还是一位音乐的创造者，传说琴和瑟就是由伏羲发明的，是他给人间带来了音乐。

伏羲作为第一位替天治民的帝王做出了许多令后人受益无穷的贡献，当他年老之后就主动让路，让后来的帝王能发挥出自己的本领治理天下。这时伏羲完全上升为神了，成为日后逐渐完善起来的神国系统的五方天帝之一，他作了东方的天帝，同木神句芒一起治理着东方一万二千里的地方，掌管一年四季中美丽的春天。

据说，在后来的大禹治水遇到困难时，伏羲还曾经出山，帮助大禹凿开了龙门。可见，只要是为天下造福，这位先王随时愿意挺身而出。

炎帝神话

　　我们每一个中国人，特别是旅居海外的华侨，在提起自己的时候，都很骄傲地自称炎黄子孙。在中国几千年的文化传承过程中，炎帝和黄帝被确定为我们中华民族的祖先。这是因为，在这两位帝王时期，中华民族形成了粗具雏形的自己的文化特色，在这一过程中，二人起到了继往开来的中坚作用。

　　传说中，炎帝的形象是一个牛的头和人的身体相结合的复合体，这同伏羲和女娲的形象有些类似，也是人们对其寄予了超过人的本领的愿望。在炎帝生活的时代，人们从低级的采集、狩猎、捕鱼的生活方式，逐渐开始学会了一定的农作物栽培技术，从而开始走进农业社会。在农业社会中，体力耐力远远胜过人的牛，在耕种的劳动中自然受到了人类的重视。同时，根据传说，以及文献的记载，炎帝在农业上做出了许多开

创性和奠基性的工作，传授了大量的农业技术，所以后来人又把炎帝称做神农氏。正是由于这些方面的原因，后代的人民在怀着崇敬的心情想念炎帝的时候，就把他给塑造成了一个既具有人的杰出智力，又具有牛的吃苦耐劳的体力，这样一个取长补短的复合型的神的形象、作为我们中华民族两大祖先之一的炎帝在他诞生的时候，就显示出了超乎一般人的神性。据说，当炎帝出生的时候，他家附近的地面上也同时自动地出现九眼井。这九眼井的水呈相通的，不论你在这九眼井中的哪眼井中打水，其余八眼井的水也跟着一起泛动。

炎帝生活的时代，人民的生活日益走向稳定。由于女娲和伏羲的杰出贡献，人民有了安定的生活环境，又有了相对稳定的食物来源。这样，在生活的保障下，人类开始逐渐增加了人口的数量，大地上日益充满了人的生机与活力。

随着人类繁衍能力的不断提高，地上的人越来越多了。这时，单凭从自然界采集和渔猎得来的食物又难以满足众多人的需求了，人们又开始出现了食不果腹的状态。

正是在这样一个关键的时候，炎帝出世了。像女娲和伏羲一样，炎帝也担负起了拯救人类的职责。

炎帝通过深入到广袤的田野和茂盛的山林之后，经过长期的观察与思考，终于发现一些可供人类食用的植物的果实落到土壤里，过一段时间之后，可以长出新的植物，同样可以结出供人食用的果实。炎帝掌握了这样的知识之后，就出现了农

业。他找来许多种人类常吃的食物的果实作种子，种到经过整理的土地中，然后大量地收获成熟后的果实，作为更加稳定的食物来源。在插种和收获的过程中，炎帝总结出许多宝贵的种植经验，比如作物要在湿润松软的土壤里才易于萌芽成长，成长过程中需要除草，特别是需要足够的阳光照射等等。据说炎帝带领人民种植作物时，为了使植物能茁壮地成长，炎帝可以命令太阳发出更多的光和热。所以人们称他为炎帝，从某种意义上讲，人们已经把他看成了太阳神了。

炎帝掌握了丰富的农业经验之后，就开始亲自教授人们学会农业生产技术，以保证自己获得足够的食物。

当炎帝亲自下田，开始教人民播种五谷的时候，学的人很多很多。农业作为一门实践技术，光有理论是不够的，更重要的是实践，要亲自去播种才行。可是当炎帝教完了播种方法，要实际操作的时候，却发现手头没有足够的五谷做种子发给人们，炎帝和大家都感到十分为难。也许是炎帝一心为人民的赤诚感动了上天，正当人们为种子发愁的时候，天空突然飘来一片厚重的云彩，云彩来到近前，忽然哗哗啦啦地下起雨来，但仔细一看，这雨原来是五谷的种子。这真是一场及时的种子雨。炎帝带领大家抬起地上的种子，把它们播种在整理好的土地中，这些种子就生根、发芽、茁壮地成长起来，这年的秋天，人类有了第一次收获。

炎帝在发明了农业之后，又有一次天赐的神物为炎帝增加

了神性。炎帝在田野中，看见一只红色的鸟，口中衔着一棵有九个穗的禾苗从空中飞过。当这只红鸟飞过炎帝头顶的天空时，从那株九穗的禾苗上掉下了几粒种子。炎帝把这几粒种子拾起来种在田间。当这些种子长成小苗的时候，炎帝因为它们与众不同的来历，就格外用心地管理它们，他让太阳多给这些禾苗一些光和热，又注意了水分的供给和松土锄草等方面。这些禾苗在这样细心的管理下苗壮成长，长得又高又壮，超过了地面上任何其他的谷物。秋天，这些禾苗结出了丰硕的稻谷。奇妙的是，这些稻谷吃了不仅能让人充饥，而且还可以使人长生不老。因此，人们更加相信炎帝是一代神农了。

炎帝的另外一个了不起的成就是他发明了医药学，所以后人又把他看成医药之神。

人们跟炎帝学会了耕种五谷之后，真正地过上了以农耕为保障，同时又可以渔猎的稳定生活。生活质量的提高，也使人们对生命本身的意义看得越来越重要了，因为在这样的自然条件和社会条件下，生活是快乐的，再也不像从前那样挣扎度日了。这时的人们一旦有了疾病，就会想办法去战胜它。炎帝也正是在这样的前提下，决定要发明能治疗疾病的方法，把人民再从疾病痛苦中解救出来。

炎帝的时代，人们由于长期地采摘自然界的一些植物为食，有时会发现某种植物会治好人的某种疾病。这样，人们就有了初步的医药观念。炎帝受了这个经验的启发，有了一个大

胆的想法：把天下的各种植物都区分出来，看哪些可用来治病，可治什么样的病，这样，人们在得病的时候，直接去采相应的某种植物，不就可以药到病除了吗。说干就干，炎帝就又一次开始了自己那伟大而又艰险，充满生命危险的实践，为人类找出所有的药用植物。

关于炎帝如何去完成这项伟大的任务，书上有不同的说法。

较为普遍的说法就是神农尝百草。就是说，神农是亲口品尝每一种植物，从而找出可以药用的那些植物来的。当然，只有神农才会区分出药草和普通的草来，因为他具有神的本领。

有的书上说，神农不断地品尝百草，他常常会被有毒的药草毒倒，但由于他的神性，使他不久就可以把毒消化掉，然后他继续品尝百草，中毒最多的一次，是他一天中过七十多次毒，但他七十多次又顽强的化解掉毒素，醒过来继续自己的工作。

关于神农尝百草，还有另外一个说法，那就是炎帝长着一个具有特异功能的肚子，这个肚子是透明的。当炎帝吃下有毒的草之后，他透过透明的肚皮，就可以看到毒性的类型，以及它是怎么发作的，从而就可以有的放矢地迅速排除毒素。

炎帝为了给人类拔到尽可能多的药，吃尽了苦头。民间传说炎帝曾经被药毒死过，但死去之后又复活而成了神。一种说法是炎帝吃了一种叫断肠草的植物，断肠而生，死后便生成

神。另外一种说法是，炎帝一次吃了一种百足虫，这种虫子进入炎帝的肚子之后，每只足又生成一条新的百足虫，新的百足虫再变成一百只百足虫……而且该虫毒性剧烈，炎帝虽然透过他那玲珑剔透的肚子看清了百足虫的毒性原理，但是由于百足虫变化分裂得太快，炎帝来不及一下子排除按几何级数递增的毒素，最后也被百足虫毒死了。但是炎帝因为是为人民而死，死而不亡，反而得到了生命的提升，升华成了真正的神，人民心中的至高无上的祖先神。

炎帝发明医药除了上面两种故事说明的尝百草的方法之外，还有的书上说他是利用一个赭色的神鞭抽打百草来完成的。这个说法同前一个说法有着前后的联系。据说当炎帝尝百草中毒身亡之后，升天成神，在天上得到了一根赭色的鞭子。炎帝就用这支鞭子抽打百草，他会根据被鞭打过的草显示出的颜色，判断出该草有毒无毒，是寒是热，是能药用，还是适于播种，然后指导人们区别对待。这样，百草就各得其所，广为人们利用。

人们为了纪念炎帝发明医药学的功绩，世代流传着炎帝的故事，并保留着当年炎帝尝药，鞭药的遗迹，供后人缅怀和凭吊。据说现在的太原神釜冈，还保留着神农尝药用过的鼎，在一个叫成阳的山上还有神农用神鞭抽打药草的遗迹，人们把那里叫做神农原，或者叫做药草山。

炎帝教会了人们农业技术，保证了生活的物质来源，又创

立了医药学，保证了人们的生命和健康。人民生活又达到了一个新的高度。产品不断地丰富起来。但是由于不同的地区有不同的产品，每个人又有多方面的需求，而一个人的能力和技术又有限。那么有没有办法让不同地区和不同的人之间的不同产品互通有无呢？据说这个问题也是由炎帝想到了解决的办法。

炎帝又引导人们把自己的产品进行交换。为了使交换能够顺利进行，炎帝同人们一起商定了固定的地点，他又利用自己是太阳之神的本领，规定每天在正午的时候开始进行交易，交易结束后，自动散开。可见，炎帝又是第一个开辟市场的人，我们也应该把工商业之神的桂冠给他戴。

炎帝在位的时候就是这样不断地运用自己的智慧，为不断地改善人民的生活，改进人民的生存模式，整体提高人民的素质做着坚持不懈的努力，也不断地取得了令人瞩目的成就。

然而到了晚年的时候，炎帝的创造力已经发挥的差不多了。这时，与他齐名的我们中华民族公认的另一位祖先神——黄帝开始崛起。由于黄帝所处的时代同炎帝时代相比，又有了很大的变化，而黄帝也同样是一位才华出众的帝王，也在锐意进取，以自己的方式继往开来继续为人类谋取新的幸福天地-这时，黄帝的处世方式同炎帝的方式产生了矛盾，而且矛盾越来越大，终于暴发。其结果是炎、黄二帝各自率领自己的部下在阪泉之野展开了一场战争。这次战争打得异常激烈和残酷，文献记载当时战场上蛇血流成河，把那些木制的兵器的杆子都

漂了起来。战争最后以年富力强的黄帝阵营的胜利而告结束。

阪泉之战后,炎帝意识到了自己的时代已经过去,只有顺应潮流,急流勇退了。炎帝来到偏远的南方,做了掌管南方的天帝,同火神祝融一起治理着南方一万二千里的地方,掌管着一年四季中的夏季。

仓颉造字

文字的发明，是人类文明史上一件值得大书特书的事情。那么，中国人至今使用的汉字又是谁最早发明的呢？

据说中国文字的发明者，是古代的一位苍帝史皇氏，名叫颉的。我们今天称他为仓颉。仓颉生下来就很神异，与众不同。他长着一张宽大的龙脸，脸上有四只眼睛，这四只眼睛闪闪发光，令人望而生畏。仓颉小时候就顽皮异常，他经常拿着一根树枝或芦苇秆在沙地上画来画去。说也奇怪，这孩子还真有绘画才能，画山像山、画水像水，画得生动形象，使人一望便知是什么。再大一些，又喜欢用刀子在树木上或石头上刻来刻去。长大后，仓颉对此兴趣更浓了。

有一年，仓颉到南方去，在洛水的边上看到一只巨大的乌龟。这只乌龟见到仓颉，不但不躲开，反而昂着头向他走来，

走到仓颉的身边就一动不动了。仓颉感到很奇怪，走近这只乌龟仔细观看。仓颉发现这只乌龟的龟背是红色的，上面有许多青色的花纹。这些花纹排列整齐有序，又各不相同。仓颉忽然想到，如果用这些不同的花纹来表示不同的意义，那么人们记载什么事情就会简单多了。仓颉想到这里，不禁微笑起来。乌龟看到仓颉笑了，就扭过身子，慢慢地向水中游去。

仓颉受此启发，就决心发明一种文字，来解决当时记事繁琐的问题。他仰观天象，看到天上奎星圆曲的样子。他又俯视大地，看到山势曲折绵延，水面波光粼粼，鸟儿自由飞翔，野兽四处奔跑。这天地间的一切感染了他，于是他发挥出自己的绘画才能，创造了中国最早的文字，如他看见天上圆圆的太阳，就画一个☉，用它表示太阳；他看见月亮弯弯的，就画一个⟩，用它表示月亮。他用竹表示小草，用⟊表示眼睛……这样，中国最古老的文字就产生了。

文字的产生，在人类发展史上有着重要意义。在文字发明以前，人们是采用结绳纪事的。一件国家大事发生了，人们就在绳子上打一个大结；一件小事发生了，人们就在绳子上打一个小结。如果两件事情接连发生，人们就打一个连环结。这种结绳纪事的方法在初期曾经 对人们大有用处；后来事情多了，人们就搞不清楚哪一个结是代表哪一件事了。后来人们开始用刀或其他物品在树木或竹片上刻一种形状，用它来表示事物。仓颉造字就是根据这种方法，他对前人或同时代人的这种符号

进行了归纳、整理和提高，终于创造出一种新的纪事方法——文字。

仓颉发明的这种文字刚刚问世，天上下起了粟米，在晚上人们常听到鬼在野外大哭，这是因为文字这种东西能够增进文明，后来的人可以继承前人的优秀成果，加速发展，所以老天要降下粟米，对人们表示庆贺。另一方面，有了文字以后，人们可能会变得越来越狡猾、贪婪；也可能有人会抛弃农耕的根本大业去专门从事用锥刀刻写文字的蝇头小利，所以鬼夜哭，是对人类以后的行为提出了警告。

其实，文字的发明是古代人民集体智慧的产物，而不能仅仅归功于某一个人或某几个人。仓颉可能是当时人们当中比较杰出的一个，他对文字的发展比其他人的贡献要大一些。人们为了纪念他的这一功劳，便赋予了他种种神异的才能。

中国的文字由篆体变成了隶书，后来又从隶书发展成楷书、草书和行书。文字发展的总的趋势是越来越简化，书写起来更容易，识字、记忆也变得越来越容易。在今天，文字成为人们交流的重要工具，发挥着越来越大的作用。但是，我们不应该忘记那些文字的发明者仓颉等人，正是有了他们的不懈努力，我们才能继承古代的优秀文化遗产。

风神禺强

　　禺强，是中国神话中的风神兼海神，他又叫玄冥。禺强是中央天帝黄帝的孙子。当他以风神的面貌出现时，他就是人的脸，鸟的身体，耳朵上挂着两条青蛇，脚底下踩着两条青蛇，威风凛凛，令人望而生畏。

　　当禺强以风神的形象出行时，便会带来狂风暴雨、飞沙走石，天地一片昏黄。特别是当他从北方向南方走去时，更是气势汹汹。他吹着口哨，在广阔的原野上急速行走，积雪被他扬向空中，光秃秃的树干被他碰得吱吱作响。当他以海神的形象出现时，就变成了鱼的身体，但他有手有足，驾着两条飞龙。如果他在海水里呆够了，他就变成一只大鸟，这鸟的翅膀有好几千里长。它振翅一飞，就能激起三千里的海浪，然后乘着风势能飞到九万里的高空，一直飞到他想去的地方才停下来。

风神兼海神的禺强一般情况下居住在北海，辅佐他的侄子颛顼，管理北方的天空。平时他手中还拿着一个秤锤，掌管冬天。禺强虽然是颛顼的叔叔，但是从不摆叔叔的架子，耐心地听从侄子的吩咐。叔侄俩一直配合得很好，从来没有发生过什么矛盾。当然，风神禺强也必须听从他的祖父中央天帝黄帝的命令。黄帝命令他干什么事情，他都得无条件服从。

有一年，大海中出现了这么一件事情。在渤海东边几亿里的地方，有一个深不见底的大壑叫归墟，百川大河里的水全都流到那儿去。归墟里面有五座神山，每座山的高度和方圆都有几万里。山与山之间的距离通常都是七万里。山上住着很多神仙，他们住在用黄金建成的宫殿里面，宫殿外面的栏杆都是用白玉制成的。山上有各种珍禽野兽，一年四季花果飘香，青水长流。山上到处生长着珍珠和玉树，这些珍珠和玉树吃了之后都可以长生不老。神仙们在这五座山之间互相拜访、飞来飞去，快乐无比。但是，有一件事令神仙们头痛不已，那就是这五座山都漂浮在海面上，每当大风大浪吹来，山与山之间的位置、距离就完全错乱了。如果去探亲访友，回去的路程往往都找不清了。山上的神仙们联名到天帝那里去诉苦，请黄帝想一个解决的办法。

黄帝于是招来了风神禺强，让他设法把五座仙山固定下来，风神兼海神的禺强赶忙调遣了十五只大海龟到归墟去，让它们每三个负责背一座仙山，轮番更替。这十五只大海龟接受

命令后，就背起了五座仙山。这样仙山就不再惧怕大风大浪了，神仙们都感到很高兴。当然，这些海龟也有不老实的时候，有时他们在海底也互相嬉戏打闹，但是神仙们觉得这总比以前好多了。

神仙们的好日子没有过多久，就又发生了乱子。在昆仑山以北九万里的地方，有一个龙伯国。龙伯国的人都身高数百丈，力气更是大得惊人。龙伯国中有一个人，一天闲着无事，就出去钓鱼。他迈开大步，没走几步就到了五座仙山所在的地方。他看到这地方景色优美，感到很高兴，就坐下来开始钓鱼。他把钓竿投下去没多久，几只在海底闲得无聊的大海龟就被他钓上岸来。时间不长，就被他接口一连三地钓上来六只大海龟。他满足了，把这些大海龟背在身上，就兴冲冲地迈开大步回家了。回家后，他就把海龟杀死了，并用它们巨大的龟壳来进行占卜。这一下海底剩下的乌龟可承受不了啦，终于有两座仙山漂浮到北极去沉没了，那两座仙山上的神仙纷纷逃离，一片慌乱。于是，禺强和众神仙都到天帝那儿去告状。天帝大怒，就发挥他的神力把龙伯国国土变得越来越小，把龙伯国人变得越来越矮。可即便如此，后来龙伯国的人仍有几十丈高。

归墟里的五座仙山，现在只剩下三座了，即蓬莱、方丈和瀛洲，天帝仍命令大海龟顶着，海神禺强也只好听命。

后来，禹治理洪水时，为了察看天下的地形，了解各地河流的走向，向北一直走到了北海，见到了人面鸟身的风神禺

强，禺强对禹治理洪水的决心和勇气非常佩服，便热情地接待了他禺强带领着禹在北海参观了一番。禹看到北海的一座名叫蛇山的山顶上有许多美丽的五彩鸟，当这些五彩鸟咸群地飞起来时，天空中绚丽多姿，令人目不暇接。禹又看到在幽都山上，有数不清的黑虎、黑豹、黑狐狸、黑蛇……而大幽国的人们都不穿衣服，整年整年住在幽暗的山洞里，不知他们到底是怎么生活的？禺强还给禹介绍了自己的两个朋友，一个是九凤，他是人头鸟身，但是他有九个头；另一个叫强良，他是虎头人身，有四个蹄子，胳膊肘特别地长。他嘴里衔着一条蛇，手中拿着一条蛇。九凤和强良见禹到来，也都非常热情。

禹在北海住了一段时间，每天都是禺强陪同，禹也就没怎么注意路上的标志。后来，禹告别禺强，准备回南方去，却在冰雪覆盖的荒原上迷了路，又继续朝北走去，最后走到了北方最远的一个国家叫终北国。

周武王伐纣的时候，在孟津大会诸侯。风神禺强奉天帝的命令，和祝融、句芒、蓐收、冯夷等诸神共同去帮助周武王。周武王和姜太公等人听说诸神来帮忙，感到十分高兴。在众神的帮助下，周武王的士兵个个奋勇争先，毫不畏惧，在一片喊杀声中，一举击溃了纣王的军队。商纣王眼看大势已去，就穿上挂满珠玉的新衣服，点火把自己烧死了。

风神禺强，虽然有时会给人们带来一点点小麻烦，但他还是乐于助人，是非分明的，在神话中，是一位正直的天神。

雨 神 雨 师

　　雨师叫萍号，又叫屏翳，他有时居住在大海中的小岛上，有时又居住在南岳山上。与其他诸神比起来，雨师可以说是神国里的侏儒。他的身体只有七八寸长，像一只蚕子那么大。你可别看雨师其貌不扬，可是他如果发起威风来，那可是威力无穷。只要他略施法术，天空中就会浓云密布，顷刻间就会大雨倾盆，积水三尺。

　　雨师平日的工作很清闲，每天只需要乘着白云在空中四处巡视即可。如果看到某处道路上尘土满天，行人都扭着头，捂着眼睛走路，雨师就知道这地方需要雨水了，他就施展法术，降下蒙蒙的细雨，清洗一下干燥污浊的空气，也使尘土老老实实地呆在地面上。如果看到某处禾苗干枯发黄，地上裂了一道道的缝隙，雨师会毫不犹豫地降下倾盆大雨，滋润那干枯的禾

苗，装满那干涸的水渠。如果雨师看到某处的人们只顾享乐，不思劳动或者浪费水资源，他就会对此地的人们予以惩罚，多日不下雨。当然，以上种种情况，多是雨师心情好时候的行为。如果雨师心情不好，那么有的地方就会赤日炎炎，有的地方就会阴雨连绵，造成洪涝灾害，甚至发生河水泛滥、冲毁堤岸的惨状。雨师的行为，可以说与下方人民的生活息息相关。可是，雨师也有犯错误的时候。

黄帝时代，曾经和蚩尤发生了一场激烈的战争。蚩尤是炎帝的后裔，他有八十一个兄弟，个个都是铜头铁臂，头上还有尖利的角。他们都非常勇猛凶狠，平日以沙子、石头当饭吃。

蚩尤为了替自己的祖先炎帝报仇，秘密地到处组织人马，结文四方豪杰，其中雨师就受了蚩尤的诱惑，加入到了反抗黄帝的战争中。

在战争的初期，蚩尤的军队取得了很大胜利，使黄帝的部队节节败退。后来，双方逐渐展开了拉锯战：蚩尤的军队不能再继续往前推进，黄帝的军队也不再往后撤退。

这时，蚩尤造起了漫天遍野的大雾，到处是薄如轻纱的雾气，几步以外就看不清楚是什么。黄帝的军队在大雾中迷失了方向，不辨东西，军队一阵恐慌。蚩尤的军队乘机大力进攻，杀死了不少黄帝的士兵。"如何使这浓浓的大雾散去呢？"黄帝在苦苦思索。后来，黄帝觉得如果下一阵雨，也许能把雾气赶跑，他就招来了善于蓄水行雨的应龙。应龙展开他那巨大的

翅膀升到空中刚想行云布雨，蚩尤这方面的雨师马上下起了一阵猛烈的暴雨，将黄帝的士兵淹没在了大雨之中。蚩尤对雨师的这一行为大加赞赏，回去后好好奖励了雨师一番。

后来，黄帝想起了自己的女儿"魃"，便赶快把她找来帮忙。魃是雨师的克星，魃走到哪儿，哪儿就是赤日炎炎，狂风暴雨被赶得到处流窜。雨师见来了这个大魔头，自己只好仓皇逃走，否则给她捉住可没有好下场。不过，雨师临走的时候，还是给了魃一点小小的苦头，让她以后再也飞不上天去，只能乖乖地呆在地上。而魃居住的地方，总是干旱异常，禾苗都被晒死了，人们对她非常痛恨，总是想方设法赶跑她。她就这样被赶来赶去，心情很是沮丧。这也可以算作是雨师对魃的报复吧！

黄帝战胜蚩尤后，对蚩尤的部下均处以极其严厉的刑罚；但是对雨师，黄帝却网开一面，只训诫了几句，没有对他加以别的惩罚。也许，黄帝是觉得雨师临阵脱逃对自己战胜蚩尤还是立了功的。雨师见黄帝没有惩罚自己，感到十分高兴，以后便做了黄帝的随从，忠心耿耿地保护着黄帝。黄帝对雨师还是有戒心的，怕他以后再反叛自己，便规定雨师以后不准私自行雨，只有在得到自己的批准后才能行雨，而且行雨的地点、数量和时间都不准有丝毫的差错。如果出现差错，就施以严厉的刑罚。雨师至此也无可奈何了，只有默默点头依允。

为了考验一下雨师对自己是否忠诚，黄帝在西泰山会合天

下鬼神的时候，便命令雨师和风伯负责给自己清扫街道。雨师为了表现自己的忠诚，将道路清扫得一尘不染，黄帝感到很满意。以后，黄帝就将雨师留在了自己身边。

雨师，这位貌不惊人的天神，与下方人民的生活有着密切的关系，人们尊重他、敬畏他，又经常有求于他。

雷神雷公

与神话中的其他诸神不同的是，威风凛凛的雷神却没有留下名字。雷神居住在东方遥远的一个大沼泽中，那地方草木郁郁葱葱，林中百鸟齐鸣，百兽齐吼，地名叫做雷泽。雷神，就是雷泽的主神。雷神是一位身材高大雄壮、人头龙身的天神，也是一位与世无争、无忧无虑且自得其乐的天神。闲暇无事的时候，雷神在他那个东方泽国之中就用自己的尾巴拍打着肚皮取乐；他每拍打一下肚子，天空中就会响起一串惊雷。

雷神有一个著名的儿子，那就是伏羲。这个儿子的出生，富有神奇的色彩。在中国西北几千万里的地方，有一个叫"华胥氏之国"的极乐国土。这个国家里的人民都能够在空中自由自在地行走，像人们走在平地上一样。他们走进水里面不怕淹，走进火里面不怕烧，空中的云雾挡不住他们的视线，天上

的雷霆也不能扰乱他们讲话。他们自由自在、无忧无虑、整个国家里没有长官，也从没有任何争端是非发生。

这个国家有一个叫"华胥氏"的漂亮姑娘，一天不知不觉地来到了雷泽边，她看到这里景色优美，就停下来细细观赏。后来，她在雷泽中见到一个又长又宽的脚印，感到很好玩，就用她的小脚去踩这脚印，想试试它到底有多大。她刚把脚踩上去，就觉得身体一震，心里有了什么感应，回去后，这个姑娘就怀了孕，生了一个人首龙身的儿子，就是伏羲。这个姑娘踩到的那个脚印就是雷神的脚印，生下的儿子当然要算雷神的儿子。不过，雷神可能还不知道他已经有了这么一个伟大的儿子。他的儿子伏羲生来神异，很小的时候就能够顺着天梯爬上爬下，一点也不知道畏惧。伏羲后来做了东方的天帝，和他的属神句芒共同管理着春天。伏羲还发明了八卦，又教人民织网打鱼，人民都非常崇拜他。

雷公还有一样特殊的本领，就是他会看病。他曾和另一个著名的天神岐伯一起讨论过有关经脉的问题。雷公还经常派遣使者到山上去采集药材。有一次，一个采药使者在山林里迷失了道路，无论怎样也走不出来了。他很着急，后来就化成了一只啄木鸟，飞到了树梢上，辨明了方向，但是却怎么也变不成原来的模样了，只好用它那尖而长的嘴啄食树木里的害虫充饥，也算是干了他的本行工作，做了树木的"医生"。

土神后土

后土是水神共工的儿子，他后来做了中央天帝黄帝的属神，手中拿了一根绳子，四面八方都管。

后土长得什么样子，我们今天已经不太清楚了，但他的父亲共工的面貌我们是知道的。共工长着人的脸，蛇的身子，头是红色的，想来后土的面貌与他父亲差不太多，但传说中的后土却变成了一位慈眉善目、白须飘飘、拄着拐杖的老人。这是人们对神话重新加工的结果，不是后土的本来面目。

当父亲共工准备与天帝颛顼争战时，生性恬淡、性情温和的后土极力劝阻父亲不要做这种冒险的事情。刚愎自用的父亲共工没有听从儿子的意见，而是更加积极地为战争做着准备。后土不愿意卷入这场是非当中，便离家出走了。可是，到哪里去呢？后土又有点犹豫。当时天下的水患很多，他本来熟悉水

性，又善于钻研和思考，因此他平治水土的本领很高明，就决定帮助天下的人民治理水患。后土每到一处，就教那儿的百姓如何防治水患，因而百姓都很欢迎他、爱戴他。在他走后，老百姓都很思念他，就建庙祭祀他。在后土所走过的地方，到处都有他的庙宇。后来，他得知父亲战败了，心中很是痛苦。为了隐姓埋名，他就一直往北走，最后来到了北海中的一座幽都山上。幽都山是幽都的大门。幽都就是一个鬼魂的世界。由于后土为人正直廉洁，天帝就命他做了幽都的主神。这样，土神后土又成了幽冥世界的统治者。

幽都山上的一切都是黑的，有黑虎、黑豹、黑狐狸、黑蛇、黑鸟……而看守幽都城门的是巨人土伯。土伯的身体像一头牛那么庞大，他长着老虎的头，头上有三只眼睛，还有一对长长的尖锐的角。他站在城门口威严地审视着进进出出的鬼魂。如果发现有可疑之鬼，他会伸出他那涂满血污的手掌一把抓过来……但是，威猛凶狠的土伯却很佩服后土，乖乖地听后土的指挥。

除了这些居住在幽都的鬼属于后土管辖外，那些游荡在人间的鬼，也要服从后土的管理。不过，对于那些游荡在人间的鬼，由神荼和郁垒两兄弟负责进行监察。这两兄弟居住在桃都山上的一棵大桃树上，每当早晨第一声鸡叫的时候，他俩就负责检查那些从人间回来的形形色色的鬼，如果发现哪个小鬼在人间干了坏事，他俩会把这个小鬼用芦苇绳子捆起来，扔到山

上去喂大老虎。神荼、郁垒两兄弟工作都很认真，众鬼也都惧怕他们。神荼、郁垒两兄弟也是后土的部下，也都很佩服后土。

中央的天帝黄帝非常赏识后土的才能，就让他做自己的属神，帮助自己管理天下，其中主要是让他负责管理土地。

做了土神的后土，为人民做了许多好事。他为了做好自己的工作，对各地的风土人情、江河水流、妖精鬼怪都了如指掌。一旦发生什么事情，他能对黄帝迅速提出意见和建议。

后土还喜欢成人之美，当七仙女下凡准备嫁给董永时，就是他为这对真心相爱的年轻人主持了婚礼。后来，大禹治理洪水时，需要四处察看地形，整日累得筋疲力尽。后土见禹实在太辛苦，就把自己最喜欢的一匹宝马赠送给了禹，这匹马不但能够日行千里，还会和主人说话、聊天。大禹得到这匹马后很高兴，治水的决心和信心更强了。后土在赠给大禹宝马时，并没有让大禹知道这匹马是自己送给他的，而是让宝马自己跑到禹的身边，禹还以为这是天神对自己的赏赐和鼓励呢！

后土就是这样一位贤能、热情，值得人们尊敬的天神。

夜 游 神

　　夜游神是我国神话中替黄帝巡夜的神灵。最早记载夜游神的是《山海经》一书中的《海外南经》篇。远古时代，在南方荒野中，有神人二八共十六人，个个都长着小脸颊、红肩膀，他们手臂拉着手臂连成一片，给人间和神鬼世界的主宰——黄帝守夜，以防止妖魔鬼怪在夜间作祟而惊动黄帝他老人家。由于他们一到晚上就出来巡察守夜，到白天就悄然隐去，所以叫做夜游神。在南中夷方一带，晚上出门时偶然能碰到这些连成一串巡夜的夜游神，人们也见惯不怪了。

　　也有传说夜游神其实是鬼怪，两个首领叫野仲、游光，他们各有七个弟兄，共十六人，所以夜游神又称二八神，常在人间作怪。《封神演义》中，夜游神变成了一个人，叫做乔坤。不管夜游神如何变化，不管他们做坏事，还是做好事，总之一

句话，他们为黄帝服务的神职是始终不变的。

夜游神巡夜时行动迅捷，比大风刮得都快，据说一个晚上可走一万二千里地。他们虽然行走神速，走起路来却又悄无声息，凡人与他们擦肩而过都觉察不到。夜游神十分忠于职守，无论春夏秋冬、刮风下雨、还是严寒酷暑，他们都按时值勤。巡夜时若遇上邪神恶鬼惹是生非，夜游神就报告给天神，让他们去降妖伏魔，自己则继续四处巡逻。若碰到安分守己的老百姓，夜游神则视而不见，丝毫不加干扰。为了不妨碍执行公务，黄帝允许他们在遇见惹事的百姓时可施展法术将百姓的魂勾走，但他们下班时必须还魂给他们。一般来说，夜游神们都比较守纪律，但也有干出格之事的。北方民间曾流传过一个极富戏剧性的故事。

古时候，一个书生结婚，待亲朋好友闹完洞房离去后，小两口已是疲惫不堪，于是便倒头睡去。睡到半夜，新郎醒来一看，吓了一跳，睡意全消，新娘子不见了。全家人来来回回找了几遍，都看不见新娘的踪影。没办法，一家人只好垂头丧气地各回房中休息。新郎回到新房，又吓了一跳，新娘正在床上酣睡。新郎忙推醒新始，问她刚才到哪里去了。新娘对新郎的问话感到十分奇怪，回答说："我哪里也没去。刚才我做了一个梦，梦见一个身披盔甲的人，手里拿着一把宝剑，说是他正在替黄帝巡夜，一个人又冷又孤单，让我陪他出去转了一会儿。不过，那只是梦境罢了，我不是好好地睡在床上吗？"新

郎看新娘说话不像有假，便把前后的事详细地告诉了新娘。新娘子自己听后都觉得十分后怕，不知怎么自己会如此"夜游"。

据说像这类违犯纪律的夜游神，若被黄帝发现，是要严惩的。黄帝派人将夜游神捆起来吊到树上，白天也不让休息，连续风吹雨淋日晒他十二年。因为夜游神最怕太阳，晒他十二年，就等于减他一万二千年的寿命。

夜游神的职责是巡夜，遇有异常情况要及时汇报。明代冯梦龙则记载了这样一则有关夜游神的故事：

东汉巡帝时，时局已是十分动荡，蜀郡益州有一个秀才叫司马重湘，才高八斗，但出身低微，家境贫寒。当时把持朝政的是世家大族，根本不把门第低下的士人放在眼里。加上司马重湘性格耿直，因而他一生都郁郁不得志，到五十岁都未能入仕途。一天，司马重湘喝得酩酊大醉，回想一生遭遇，不禁悲从中来，于是取来文房四宝，一边低吟一边挥毫，不多久就写成《怨词》一文。不久天晚，重湘命人点上灯来，在灯下又念诵了《怨词》两遍，百感交集之下，在灯上把词稿给烧了。没想到被路过的夜游神看见，报告了天帝。后来，司马重湘又大闹阴曹地府。最终感动了神鬼两界，于是他终于获准托生转世为司马懿，得以在三国时期充分展露他的不世之才。

在这个故事中，司马重湘能脱胎投身为司马懿，夜游神所起的作用不小。正是因为夜游神的神职在于巡夜视察，民俗中人们还是十分敬畏的。人们怕在晚间做坏事会被夜游神发现。

明朝刘侗、于奕正合撰的《帝京景物略》卷二中提到，北京某些地方的风俗是，晚上人们不能在家中放置洗用过的剩水，必须倒掉，因为人们担心夜游神巡夜路过时用这些脏水饮马，那罪过可就大了。

财　　神

　　在我国民间，逢年过节，许多人都会以下同的形式寄托自己的希望，其中很重要的一个愿望就是希望在新的一年里能够招财进宝，从而使自己的生活更加富裕快乐。这个风俗实际上就是我国古代对财神崇拜的延续，这也可以说是我们古老的民俗的一个再现。

　　在我国历史上，历代的人民对财神的崇奉都十分普遍，各地几乎都有"迎财神"、"敬财神"的习俗，一种普遍的说法认为每年正月初五是财神日。在这一天，无论是官宦人家，还是平民百姓，都会摆上鸡、鱼、水果等供品，摆设香案，放鞭炮，欢欢喜喜迎接财神到家。祭祀财神后，南方的人民要包馄饨，吃馄饨，而北方人民则吃饺于。据说是因为馄饨和饺子都形似元宝，取其义以保佑自己能在新年中财运亨通，财

源滚滚。

至于财神究竟是谁，长得什么样，历代的说法各不相同。

有的说法是五路财神，这五路财神原来是五兄弟，这五兄弟每年都在正月初五这天到民间巡游，察访民情，这时供奉迎接他们到家，就能保佑全家新年五路进财。

也有的说财神分为文财神与武财神。文财神是商纣王手下的忠臣比干，他因为忠心耿耿直言劝谏，最后被商纣王剖腹摘心而死。比干这人又是一个极善于管理财务的人，所以死后被天帝封为财神，即文财神。武财神就是人们最熟悉的赵公元帅。

赵公元帅就是人们所说的赵公明，陕西终南山人，是商朝的一员武将。在秦朝的时候，他还神奇地活着，已显示出与众不同的神性。这时候他对春秋战国的礼坏乐崩、诸侯争霸厌倦了，就躲进山中修道。到汉代，据说四川鹤鸣山的天师张道陵炼丹，赵公明为他守护药炉，其后赵公明吃了张天师给的丹药而成了仙。

赵公明作为财神，并且广为人知，得益于《封神演义》一书对他的描写。相传在姜子牙助周武王讨伐商纣王的时候，赵公明因为是商朝的武将，当然帮助商纣王作战。赵公明同姜子牙手下的大将交战，他手持缚龙索和定海珠。他把缚龙索向对方扔过去，口念咒语，就会捆住对方。没想到对方也有宝物，叫做落宝金钱，一下子把赵公明的宝物打到地上，被姜

子牙收去。

姜子牙回去后，又作法，经过二十二天的诅咒和其他的法术，使赵公明死在商纣王的军中。武王克商之后，姜太公奉元始天尊之命，手捧云符金册，登上岐山的封神台，大封双方阵亡忠魂。赵公明被封为"金龙如一正一龙虎玄坛真君"，所以赵公元帅又有赵玄坛之称。赵玄坛的职责是"迎祥纳福"。姜太公又派了四名天神做他的助手，这四个助手分别是：招宝天尊萧升、纳珍天尊曹会、招财使者升有明、利市仙官姚迩益。有了这四个助手，赵公明就成了真正的财神。

在塑像和图画中，赵公元帅的形象十分威猛。他面色黝黑、长着一脸络腮胡子，头戴一顶铁盔，手执铁鞭，骑着一匹威风凛凛的黑虎，巡视民间。据古书记载，赵公明的法术无边，他能驱雷逐电，呼风唤雨，除瘟祛疫，禳际灾异。赵公明不仅能保佑百姓发财，同时还能为民申冤。他有这么大的本事，而且有求必应，当然受到了人民的欢迎。天长日久，深入人心，赵公明深受民间百姓的拥戴。

明代以后，财神的形象又有所变化。那就是在财神的画像中，又多了一个助手，这个助手与众不同的是，

他是一个回回人。这可能与郑和下西洋，带回阿拉伯国家的许多宝物，于是人们知道阿拉伯国家的富庶，为了多一条财路，就给赵公元帅又分了一个助手。同样，这种变化也在民间有了解释，民间称之为"回回进宝"，取其语义双关，也显

051

示了我们对新生事物的乐观开放的接受胸怀。

信奉财神，追求财富，使生活更加富裕、美好，这是我们古老的民俗，也是正当的理想。但是，要有正直的心地，且不可唯利是图，走入歧途。

门 神

古时的人家，每到除夕晚上，几乎家家户户都要在门上贴门神画像，以祈保合家平安。人们以为有了门神的护佑，邪神恶鬼就不敢作祟。这种传统观念影响深远， 至今，仍有不少农村地区保留着贴门神的习俗。

门神神像中的人物有许多种，但其中最早、最普遍的是神荼和郁垒。

远古时代，黄帝不仅是人间的最高统治者，而且还是神鬼世界的最高主宰。对那些游荡在人间的鬼，黄帝就派神荼和郁垒兄弟二人去统辖。这兄弟俩住在东海的桃都山 (或说度朔山) 上。山上有一棵大桃树，树大得有点不可思议，枝干纵横交错，树阴能盖住方圆三千里的地面。树的顶端站着一只金鸡，当太阳的第一缕晨曦普照大地时，金鸡就鸣叫起来，于是天下

所有的鸡都随之啼叫。在大桃树树枝的东北角，有一个鬼门，万鬼都由此出入。当金鸡鸣叫时，神荼和郁垒就站在鬼门旁边，威风凛凛地把守着，认真地检阅着那些在人间游荡了一夜后归来的形形色色的鬼。传说鬼只在夜间活动，天快亮时，不等鸡叫就赶紧往回跑，大概与此有关。神荼、郁垒两个门神如果发现哪个鬼为非作歹，为恶人间，便马上用芦苇绳子把他捆绑起来，拿他去喂老虎。恶鬼害怕被神荼、郁垒发现恶行，因而都收敛了许多。神荼、郁垒因此成了恶鬼的克星。

与此稍有出入的说法是：茫茫东海中有一座度朔山，山上有一棵大桃树，桃树的枝干盘曲，能荫盖三千里的地面。桃树枝叶的西南角是神门，由神将神荼把守着。凡有邪神入内偷桃，神荼就用桃木做的剑砍他的脖子，用桃枝穿他的腮帮，扔到海中喂毒龙。在桃树枝叶间的东北角是鬼门，由神将郁垒把守。如果有哪个鬼无端作恶、祸害人间，郁垒就用桃木做的弓射他的嘴脸，用芦苇绳子把他捆绑起来，扔到山上喂老虎。这两说不同之处仅在于，在这一说中神荼、郁垒两人的职责稍有分工，神荼、郁垒分别把守神门和鬼门，分别管辖神界和鬼界罢了。

由于工作岗位所限，神荼、郁垒两位门神是不可能随时随地发现并把所有邪神恶鬼都除掉的。于是黄帝就命令人间百姓礼敬这两位门神，以随时驱魔逐恶，因此，后世逐渐形成了信仰神荼、郁垒这两位门神的习俗；每逢大年三十晚上，人们就

用桃木刻成神荼、郁垒的神像挂在家门的两旁，又在门枋上画一只大老虎，还要在门上悬挂一段芦苇绳子，以抵御妖魔鬼怪的侵扰。再往后，人们为图方便，就造出了门神画像，过年时就贴在门上，简单的甚至就在门上写上神荼、郁垒的名字罢了。这样，神荼和郁垒就成了民间最普遍、最受欢迎的门神了。

随着时代的变化，人们又造出了一些新的门神。这些新门神还有武将门神和文官门神之分，他们多为各朝历史人物，也有不少神话人物，著名的如孙膑、赵云、马超、岳飞等。不过，最流行、最为百姓所接受的，则是唐朝初年的名将秦琼和尉迟恭。

《西游记》第十回是这样详述秦琼和尉迟恭变成门神的遭遇的："头戴金盔光烁烁，身披铠甲龙鳞，他本是英雄豪杰旧勋臣，只落得千年称门尉，万古作门神。"至于秦琼和尉迟恭如何由战功赫赫的勋臣变成贴在普通百姓门上的门神，则有这样一段传说。

相传泾河老龙因为与一术士打赌，违反了天规，没能按规定时间降雨。玉皇大帝大怒，命令唐太宗的大臣魏征负责斩杀泾河老龙。泾河老龙于是托梦给唐太宗，求他嘱咐魏征放他一条生路，唐太宗梦中答应了泾河老龙的请求。于是，唐太宗就传旨让魏征陪他下棋，企图借此拖住魏征，使他错过行刑的时刻。未曾想魏征在下棋时困顿不堪，昏然睡去，其魂魄飘飘然

然地到了天庭，领了玉帝旨意按时斩杀了泾河老龙。

死后变鬼的老龙还气愤难平，他恨唐太宗不守信用，便夜闯唐太宗寝宫，抛砖掷瓦，狂呼乱叫。唐太宗被吓得夜不成寐，神情恍惚。他把这件事的因由告诉群臣，武将秦叔宝（即秦琼）当即出班奏道："臣平生杀人如剖瓜，积尸如聚蚁，何惧魑魅乎？愿同胡敬德（即尉迟恭，又叫尉迟敬德）戎装立门外以伺。"唐太宗准奏。当晚，秦琼和尉迟恭两人身披盔甲、手执金瓜斧钺，一左一右，把守于唐太宗寝宫门外。果然一夜平安无事，唐太宗总算睡安稳了。可是，秦琼、尉迟恭两人毕竟是人，长年累月地值守终非长久之计。唐太宗也不忍两位爱将终夜辛苦，于是便命令画师把秦琼、尉迟恭身披盔甲、手执战斧、腰佩鞭练弓箭的戎装形象画成图像，贴在宫门上。不想这办法倒也奏效，宫内从此没有邪神恶鬼再来作祟。后世沿袭，两人因此成了门神。

把秦琼、尉迟恭两人的画像贴在门上，开始只在贵族之家流行。后来，这套办法也被老百姓学去了。为了抵御邪祟恶鬼的侵袭，人们把画有秦琼、尉迟恭像的图画贴在门上，也有的人家不用图像而直接写上"秦军"、"胡帅"的字分别贴在家门的两旁。为了酬谢两人守门的辛劳，逢年过节，人们就用酒食犒赏秦琼、尉迟恭。

对门神的崇拜和信仰，反映了人们驱除邪祟、祈求家庭平安的心愿。

创世之初

　　世界未形成时只是一片不可名状、不可感觉的黑暗。最先出现的是浩渺无际的水，水之后又生成了火。在火的热力的作用下，水中冒出一枚金黄色的蛋，这枚金卵在水中漂流了不知多长时间，终于，蛋壳裂开，宇宙之主梵天从中诞生了。梵天将蛋壳一分为二，一半成了苍天，一半成了大地。然后梵天又造出天地间的空间，造出八个方位，确立了年、月、日、时的概念，宇宙就这样形成了。

　　宇宙是形成了，可梵天发现整个世界除了自己，再无其他生物，不由感到孤独、寂寞。于是就在心头闪念之间，他马上生出了六个儿子，也是六位伟大的造物主：老大摩里质，生自梵天心灵；老二阿底利，生自梵天眼睛；老三安吉罗，出自梵天嘴巴；老四补罗私底耶，出自梵天右耳；老五补罗柯　出自

梵天左耳；老六克罗图，出自梵天鼻孔。老大摩里质生了儿子——著名的仙人伽叶波。伽叶波创造了天神、妖魔、人类、禽兽以及三界间的所有生物。老二阿底利生了正义之神达摩。三儿子安吉罗是安吉罗仙人家族的祖先，祭主等大仙就是这个族系中的长者。后来，梵天又从右脚大拇指生出了第七个儿子达刹，从左脚大拇指生出女儿毗里妮。达刹和毗里妮结为夫妻，生了五十个女儿，其中十三个嫁给了伽叶波，二十七个嫁给了月神苏摩，她们即天上的二十七个星座，另外十个嫁给了达摩。

达刹的大女儿叫底提，是仙人伽叶波之妻，也是巨妖底提耶族的母亲；二女儿檀奴，是巨妖檀那婆族的母亲；三女儿阿底提，生了十二个英勇无敌的儿子，个个都是伟大的天神，比如海神伐楼那、雷电之神因陀罗、太阳神苏里耶，小儿子守护神毗湿奴更是声名赫赫。

底提和檀奴的儿子被称作阿修罗，他们与阿底提的儿子、天神之间一直为争夺对宇宙的控制权而发生战争，是势不两立的仇敌。

天帝因陀罗

因陀罗是众神之母阿底提的爱子，是阿底提诸子中最强大的一位。据说，因陀罗的出生远非一般。为了生他，母亲几乎丢了性命，并且他刚一落地就去抓兵器。因陀罗出生后立即身披金甲出现在大家面前。母亲很为这位强大的儿子感到自豪。

因陀罗是雷神，给干燥的大地送来丰沛的雨水，因此他也是丰产之神，是人类的朋友。因陀罗更是一位伟大而不可战胜的武士。他率领众天神向不可一世的阿修罗挑战，并最终打败他们，成为三界的统治者。

一、与妖魔和阿修罗的战争

阿修罗是天神的兄长，他们拥有无穷法力和强大的军队。最初是他们掌握着宇宙的控制权。时间长了，由于他们的骄横

跋扈，他们与天神之间产生了深刻的矛盾。因陀罗一出生就注定了他将是妖魔和阿修罗的死敌。

小时候他曾战胜过狡猾的妖魔埃穆沙。这妖魔以野猪的面貌出现，从天神那里偷窃用于献祭的粮食，将其藏在阿修罗的仓库里。当时，因陀罗拉紧弓弦，利箭穿过 21 座山，杀死了野猪埃穆沙 毗湿奴是阿底提的小儿子，他从阿修罗那里弄回了献祭的粮食，归还众天神。陀湿多是天神中的能工巧匠。他手艺精湛，不但为因陀罗修造了金车，锻造了金刚杵，还给他造了一个神奇的碗，用来盛天神的饮料苏摩酒。因陀罗就是喝这种苏摩酒代替母亲乳汁长大的。他总是在摩鲁多众兄弟的陪伴下乘坐金车，手持金刚杵，豪饮苏摩酒去完成丰功伟绩，谁也不能与他匹敌。大地和天空也因他大发雷霆而震动。远古时候，鹰隼把苏摩酒带到了人间。

天神与阿修罗的战争延续了数千年。以因陀罗为首的天兵天将不止一次地打败敌人。因陀罗曾在肉搏战中制服了阿修罗中最阴险狡诈的商波罗。妖魔商波罗作战时往往千方百计用魔法弄瞎对方的眼睛。因陀罗把他从山上推下去，并摧毁了他的 99 个城堡。因陀罗还驱散了婆钦的强大军队，打败了巨妖阁浮，杀死了普洛曼。普洛曼美丽的女儿舍质，曾受父亲迫害，父亲死后她成了天帝因陀罗的妻子。

二、夺回奶牛

夺回被盗的奶牛也是因陀罗的伟业之一。住在天神和阿修罗世界之处的波尼妖魔部落，从天神那里把奶牛偷走了，赶到远在天边的国度，藏在山洞里。祭主看到波尼部落盗牛，马上报告了因陀罗，天帝派神狗萨罗摩去找奶牛。萨罗摩跟踪追击，发现被盗的奶牛在山岩之中哞哞叫。

波尼妖魔出来质问神狗："你为什么到这里来？路途遥远而艰险，你想从我们这里得到什么呢？"神狗萨罗摩回答说："我呈因陀罗的使者，希望你们把奶牛放出来，归还盗窃的巨大财富！"波尼妖魔又问："因陀罗是怎么发现的？他怎么派你来这里？你告诉天帝，他要么成为我们的朋友，要么充当我们的牧人。"萨罗摩说："因陀罗可不呈软弱可欺、易被蒙骗的角色，如果你们不归还奶牛，你们将会死在这里！""萨罗摩，你要的奶牛在这里！难道谁会不经厮杀就拱手相让吗？我们的武器锐不可当，我们的仓库深藏山中，我们会守卫它的，你长途跋涉是枉费力气。""别夸海口！一旦因陀罗赶来，你们自己的牲畜也会被分得精光。你们将自食苦果。""萨罗摩，你是屈从天神的意志才来的，别回去了，留下来做我们的姐妹，我们将分给你一份牲畜。"萨罗摩回答说："我不是来认亲的。我忠于因陀罗，你们要有自知之明。"

但是当波尼部落给萨罗摩端来了牛奶时，神狗没有顶住妖

魔的诱惑，喝了香甜的奶浆。它回来后，天帝问它："萨罗摩，栈到奶牛没有，"神狗被魔奶迷住心窍，回答说没有找到。因陀罗知道它撒谎，愤怒地踢了它一脚。神狗顿时吐出了魔奶，吓得发抖，匆匆再去波尼之国。因陀罗乘车跟随其后，同去的还有以祭主为首的安吉罗族的仙人。

因陀罗一行来到远在天边的国度，安吉罗族仙人们以玄妙的咒语劈开山岩，找到了被盗的奶牛，驱散了波尼部落。

三、与旱魔夫利特之战

因陀罗还和旱魔夫利特进行战斗，解救生灵于涂炭之中。夫利特是一条巨龙，在它的城堡里，关着许多"云牛"。这些"云牛"本是供给大地雨水的，然而旱魔却把它们劫掠过来，关押在一起，，于是，河流和山溪都很快枯干了，一切生灵在难以忍受的炎热中变得疲乏无力，渴望着雨水的降临。他们开始祈祷天神，请求他们的帮助。

因陀罗听到人类焦急的祈祷，决定挺身而出，向巨龙开战。他下令他的侍从——暴风雨众神摩鲁多兄弟套好战车。两头高大的斑鹿拴在战车前面，翘首待发。而摩鲁多兄弟们身披着闪闪发光的金盔金甲，挺立在车旁，英武异常。他们手持着火焰般的"闪电矛"，这种长矛威力无比，可以杀死牛群，劈开"云岩"，降骤雨到大地上。

因陀罗登上战车，一声令下，冲向旱魔夫利特。马鲁特兄弟则跟在战车后面飞驰，大声呐喊，所经之处，风云变色，山河颤抖，夫利特见因陀罗驾车来到，张开可怕的血盆大口，大吼一声。这巨响把天神们吓得战战兢兢，拼命地夺路逃跑。但天帝英勇无畏地率领马鲁特兄弟一直往前冲，同巨龙展开了激烈的大搏斗。最后，勇敢的因陀罗高高举起金刚杵，朝夫利特狠狠砸去，并割下了他的头颅。接着，因陀罗又驾车冲破夫利特城堡的围墙。关在城堡里的"云牛"，如潮水一般涌出来。顿时，天上起了重重的乌云，狂风呼啸，电光闪闪，雷声轰鸣，接着来了倾盆大雨。山溪又流下溪水来，江河的水大涨。洪水奔涌着，把龙的尸体冲走，冲到那永远黑暗的海里去了。从此，干枯的牧场又恢复了生机，野草长得很快。禾稻飘香，人间得到了丰收。天帝因陀罗又——次庇护了人类。

四、击败那牟质

因陀罗还打死了阿修罗中最强大的那牟质。那牟质是檀奴主子，在阿修罗中作战数第一，因而骄横跋扈，不可一世。有段时间他与因陀罗结成联盟，他们发誓，不管是白天还是在黑夜，不管是在水中还是在陆地上，不管是用干武器还是用湿武器，彼此谁也不打败谁。他们做了很长时间的朋友。但是，那牟质特别喜欢有害的醉人的饮料修罗酒。有一回，他请因陀罗喝苏摩酒时掺了修罗酒，使天帝烂醉如泥丧失了力气。因陀罗求助于阿湿毗尼——因陀罗兄弟毗婆萨婆的儿子，一对双胞

胎。他们俩是朝霞和晚霞之神，也是天神的医生。

因陀罗问诸神："我该怎么办？那车质背叛了我们的友谊，把我灌醉，使我失去了力气。但我发过誓，对他不能用干武器和湿武器。"

于是阿湿毗尼给因陀罗的金刚杵抹上了一层海水泡沫。就这样，在一天黄昏时刻——既非白天又非黑夜，在海洋岸边的激浪上——既非水中又非陆上，因陀罗用抹了海水泡沫的金刚杵——即非干武器也非湿武器，杀死了那车质。阿湿毗尼用那牟质的血浆制成一种保健饮料，使因陀罗恢复了原来的力气。

五、与巨龙的战争

陀湿多是阿底提的第一个儿子，也是建筑神，他的技艺非常高超，创造了很多罕见的物品。他的妻子是属于阿修罗一族。陀湿多有一个儿子三头巨龙毗萨鲁帕和一个女儿萨拉尼尤。陀湿多将女儿嫁给了太阳神苏里耶，生了阎摩、阎密和阿湿毗尼。毗萨鲁帕具有非凡的智慧，是个伟大的修行者，也是天神一方最初的祭司。

但是在天神和阿修罗的首次战争中，毗萨鲁帕却秘密参与到母亲——方，背叛了天神。因陀罗原本就不太信任毗萨鲁帕，曾经派仙女去诱惑他，想破坏他的苦行，可是毗萨鲁帕根本不为所动。现在因陀罗下了决心要置他于死地。因陀罗最后终于杀死了毗萨鲁帕。陀湿多知道这件事非常生气，他大发雷

霆："因陀罗竟然敢杀死我的儿子!"当时，陀湿多也是苏摩酒的护卫。他把众天神请到家里喝圣酒，但却没有邀请因陀罗。而天帝不请自来，大碗大碗地喝着苏摩酒，他实在喝得太多了，以至于酩酊大醉，酒都从他毛孔里溢了出来。陀湿多更为盛怒，高声喊道："太不像话!未经许可竟然敢擅自喝我的苏摩酒!"这两件事加在一起，陀湿多决定报复因陀罗，狠狠整治他一下。

过了一段时间，陀湿多用苏摩酒和火制造了一个极其恐怖的怪物——巨龙瞿力特罗。这条巨大的龙没有脚没有手，盘旋了99圈。它堵塞了河道，喝干了河水，数条大河的水都被它吞进肚里。陀湿多对它说："快长吧!"这龙蛇就以疯狂的速度开始生长，同时它吞噬的东西数不胜数。就这样每天它都以一箭飞行的长度向四周扩展，使东部海洋和西部海洋都受到挤压，整个宇宙、所有天神和一切生灵都受到前所未有的威胁。

天神们焦虑不安，十分恐慌，纷纷向因陀罗呼吁，请他制服巨龙。梵天也亲自召见天帝，激励他去与巨龙作战。湿婆给他送来了坚不可摧的盔甲。这样，以因陀罗为首的天神冲向瞿力特罗，想杀死它。巨龙见天神袭来，顿时发出可怕的咝咝声，并从口里喷射火焰。天神们吓得战战兢兢，拼命地夺路逃跑。无所畏惧的因陀罗只身向巨龙扑去。瞿力特罗张开可怕的血盆大口，一眨眼功夫就把因陀罗吞了下去，然后它睡着了。但谁也不敢攻击它。湿婆派呵欠之神去巨龙那里，结果让瞿力

特罗在睡梦中打了呵欠，天帝趁机从巨龙的肚子里溜了出来。毗湿奴给因陀罗的武器注入了新的威力。勇敢的因陀罗又高高地举起金刚杵，朝瞿力特罗狠狠砸去，并割下了它的头颅。巨龙临死前的惨叫使天空震动，因陀罗自己也吓得够呛，头也不回地跑开了。他一气跨过了 99 条河，来到了世界尽头。这时，因陀罗还不知道巨龙是不是被打死了，他跳到湖里，藏在藕节之中。其他天神也都吓得躲了起来，谁也不敢接近巨龙。最后，因陀罗派摩鲁多去打听瞿力特罗是否被打死了。摩鲁多看到巨龙已死，瘫在地上，原来喝的河水从伤口里冒出来，汹涌澎湃地流向大海。摩鲁多喜出望外，围着巨龙的尸体跳起舞来。

杀死巨龙是因陀罗最伟大的功绩。他把巨龙的头盖骨当饭碗，把它身躯一一砍两段：善良的一段，即喝苏摩酒长出来的一段，升了天，成了月亮；而凶恶的一段，根据因陀罗的意见，成了生灵的一部分，即生灵的肚子。所以人们常说，贪吃的人是在给瞿力特罗献祭。从瞿力特罗身体流出的血里产生了公鸡，这就是为什么直到今天婆罗门和高尚的隐士不吃公鸡的缘由。

六、重返天庭

天帝因陀罗虽然杀死了巨龙，但杀害祭司毗萨鲁帕却是最严重的罪行。为了赎罪，因陀罗自愿放逐在外，躲藏进了莲藕

的藕节中三界失去了自己的统治者变得混乱不堪，河水断流，湖泊干涸，动物纷纷死亡;，大家的心头笼罩着不祥的阴影。最后天神们决定让统治地球的月亮王族的友邻王代替因陀罗成为三界的统治者，因为友邻王品德高尚，勇武过人，声名远播。友邻王担心自己不能胜任，在天神们的一再劝说下才勉强答应。

友邻王在地上统治时，是一个数一数二的好国王，他对自己要求非常严格。可是得到天神的拥戴，成为天界的统治者之后，由于被赋予无穷的权力，友邻王变得骄横跋扈，忘乎所以了，他每天都沉溺于声色享乐之中。

一天友邻王外出看见了因陀罗的妻子舍质，舍质看也不看他就擦身过去了。但是舍质的美丽高洁像磁石一样吸住了友邻王的眼睛，回宫后，他下令让舍质来见他。

舍质知道友邻王不怀好意，她向天神的导师祭主寻求保护。

当友邻王知道舍质躲在祭主的家中时，他感到愤恨难平。天神们劝他息怒，他们说舍质是因陀罗的妻子，梵天不允许觊觎他人的妻子，友邻王作为天神之王不应该产生这种不洁的念头。但是友邻王根本听不进这些劝告，他说因陀罗杀死祭司畏罪潜逃，永远不敢回来了，为什么要让美丽的舍质守寡呢？舍质嫁给他是一件对她本人，对大家都好的事。所以他的决定不容更改。

　　天神们只好来到祭主的家中，怀着恐惧的心情请求祭主："伟大的祭主啊，把舍质交给友邻王吧，我们知道友邻王这样做是错的，但是他是我们的主宰，拥有超过我们的力量，违背他的意愿，我们都要遭殃。"

　　舍质听天神们这样说不由痛哭起来，她将全部希望都寄托在祭主身上了，再一次请求祭主的保护。祭主对天神们说："我怎么能把舍质交给一个毫无人道的暴君呢？梵天曾立下誓约，谁出卖庇护者，谁就没有好下场。出卖他人的人是可悲的，他播下的种子不会发芽，雨露也会越过他的田地落到别处，天神将拒绝他的献祭，使他断绝后代，他的祖先也会在地府中争吵不休。因此我为什么要把舍质交给友邻王呢？让我们一起想一想别的办法吧。"

　　最后还呈祭主想到一个缓兵之计，他说："让舍质去见友邻王，要求给她一段时间使她转变情绪，也许时间会成为友邻王的障碍。"天神们觉得暂时只好如此，他们对舍质说："请你先委屈一下自己的意志，听从祭主的计策，友邻王虽然蛮横霸道，但是他权力的终结已为期不远了，熬过这段时间，因陀罗就会重返天庭与你团聚。"舍质答应下来，她来到友邻王面前，友邻王看见她不由魂不附体，他不断地向舍质献殷勤，并且说："答应做我的妻子吧，要知道，你的丈夫犯了可怕的罪行而逃走，再也不敢回来了，我现在就是统治三界的因陀罗。"舍质听了这些邪恶的话不由浑身发抖，她躬下身子乞求友邻

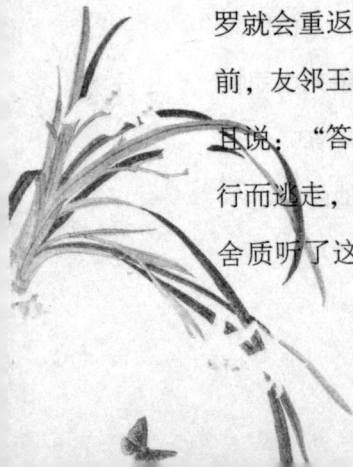

王："我可以成为你的妻子，但是你一定要给我一些时间让我筹备婚礼。"友邻王很高兴，他答应了舍质的要求，但是警告舍质不要欺骗他。这样舍质又回到了祭主家。

天神们利用这段时间开始到处去寻找帮助。他们来见毗湿奴："伟大的天神，请告诉我们，为了洗刷因陀罗的罪行，我们需要做什么？"毗湿奴回答说："让因陀罗为我举行马祭，我将亲自为他洗刷罪孽，让他能重新回到天庭掌握权柄。"但是天神们一直找到天边也没有看见因陀罗的影子，他就好像消失了一样。

舍质看见天神们垂头丧气地回来，她就在黑夜笼罩大地的时候走出祭主的房子向夜神祷告，企求夜神帮助她找到丈夫。

夜神为舍质的忠诚感动，她化身为一个美丽女子出现在舍质面前，让舍质跟她走。

两个人穿过莽莽森林，巍巍喜马拉雅山，来到无边无际的海洋中的一个岛屿上。岛屿中有一个水面如镜的湖泊，湖泊中开着雪白的莲花，在莲藕的藕节中，她们找到了因陀罗。

舍质欣喜万分，她将丈夫离去后发生的一切都告诉了他，请求因陀罗回去惩罚已丧失德行的友邻王。因陀罗认为天神们赋予了友邻王无穷的力量，他现在已不能打败友邻王，但是他告诉妻子："虽然力拼无法战胜友邻王，但是可以智取。你回去向友邻王提出：当他乘车到祭主家娶你时，拉车的不能是马，而是圣洁的修行者。"

色令智昏的友邻王一听舍质同意嫁给他，欣然同意了舍质的条件，他说："在这宇宙中，除了我，还有谁能让圣洁的苦行者俯首屈身拉车！"

舍质回到祭主家，告诉祭主她和友邻王的协议，并且说时间不多了，请求祭主快点帮忙找回因陀罗。祭主在祭坛上点燃祭火，派火神陶耆尼去找因陀罗。

友邻王乘着由七位苦行者拉的车来到祭主家接舍质。这七位苦行者都是智慧和德行出众的苦行仙人，其中包括伟大的优里婆湿主子阿竭多大仙。仙人们满腹怨恨地替友邻王拉着车，在半路上，他们终于和友邻王为如何正确地朗诵吠陀的颂词发生了争执。争论中，友邻王恼羞成怒，抬脚向仙人们踢去，正好踢到阿竭多仙人的头。不料绝顶聪明的大仙——梵天之子忒力瞿正好藏在阿竭多大仙的头部，他本来就是为了逃避国王的羞辱才选择了这个地方，现在友邻王的一脚也正好踢在忒力瞿身上。忒力瞿生气地诅咒友邻王："友邻王啊，为了满足自己的淫欲，你无耻地霸占别人的妻子，并且羞辱圣洁的仙人，这些不可饶恕的罪行将使你丧失全部力量，从你的宝座上掉下来吧，你将变成一条蛇，为了觅食要爬一千年，直到你的后代把你从咒语中解救出来。"这咒语像利箭刺向友邻王，友邻王想反驳，但忒力瞿藏在他看不见的地方。恐惧使友邻王失去了不可一世的神采，他从天上掉下来，变成了一条蛇。

阿耆尼在水中的藕节中找到了因陀罗，于是祭主和天神们

都来到这里，请求因陀罗振作起来，恢复往日的雄风，把友邻王赶下台。正在这时候，阿竭多大仙赶来，告诉大家友邻王已经被推翻的消息。于是众人兴高采烈地拥着因陀罗返回了天庭。受尽离别之苦的舍质终于和丈夫团聚了。

　　因陀罗举行了赎罪马祭，从罪孽中解脱出来，重新成为天界的统治者。

日神苏里耶

在因陀罗之后，阿底提生的第八个儿子是苏里耶。他一生下来并没有像七位兄长一样被确认为天神，因为他丑陋无比——无手无脚，体宽与身高相等，能像球一样滚动。他的兄长密特罗、婆楼那、跋伽等议论说："他不像我们，让我们把他改造一下。"众天神把他身上多余的肉割了下来，将他改造成凡人。苏里耶成了人类的始祖。不过他后来成了太阳神，与天神并驾齐驱。他身上割下的肉变成了大象。

陀湿多把自己的女儿萨拉尼尤嫁给苏里耶。但是萨拉尼尤本不愿嫁给凡人，她屈从父命，并为苏里耶生了一对双胞胎，儿子叫阎摩，女儿叫阎密。这之后，高傲的萨拉尼尤再也不愿呆在丈夫家里。她造了一个面貌完全像她的女人，叫桑吉耶，即影子，替她在家照看孩子，自己则返回父亲家中。陀湿多不

愿接待女儿，叫她回丈夫家去。但倔强的萨拉尼尤不听劝告，变成一头大嘴母马，消失在北方。

起初，苏里耶未发觉妻子已经换人。假萨拉尼尤给他生了一个儿子，名叫摩奴，现在繁衍的人类正是出自于这位始祖。她还生了一个儿子叫沙尼——后来升天咸了土星；生了一个女儿叫塔帕蒂。这位假萨拉尼尤对双胞胎和亲生儿女完全呈两种态度，有一次，屡遭迫害的阎摩不得不警告她。但后娘大叫道："你怎么敢威胁你父亲的妻子呢!"而且愤恨地诅咒阎摩。

伤心的阎摩来找父亲，把所发生的一切告诉他："母亲不喜欢我们。她娇惯弟妹，而我们兄妹俩都得不到她半点温存。母亲难道可以诅咒亲生儿子吗，即使他有错误，可是她却恶毒地诅咒我。从今以后，我不认她做母亲了。父亲啊，请原谅我，请保护我免遭她的诅咒!"苏里耶回答说："我正直的儿啊，你是被愤怒冲昏了头脑，违背了你应该恪守的正义法规。没有任何力量能够解除母亲的诅咒，我只能使诅咒的危害减轻一些。"

随后，苏里耶去问摩奴的母亲："为什么你对孩子不能一视同仁呢？他们之间是毫无二致的呀！不用说，你不是萨拉尼尤，你是她的幻影。你的名字是桑吉耶，即影子。因为亲生母亲是不会因孩子年幼无知犯有过错而诅咒他的。"桑吉耶慑于丈夫的盛怒，只好承认这一切。

苏里耶来到岳丈家里，受到热情的款待。当他获悉自己真

073

正的妻子变成一匹母马逃走之后，他也变成一匹马去寻找她。苏里耶终于在遥远的北国找到了萨拉尼尤。他们俩又重归于好，以马的面貌结为夫妻，而且又添了一对双胞胎——两个儿子分别叫纳萨佳和达斯拉。不过，后来都称他俩为阿湿毗尼，意即马生，

阿湿毗尼成了朝霞、晚霞和星光神。当黑夜即将消失，黎明即将来临时，他俩驾着飞马牵的金车，英姿勃勃地出现在天空中，展现霞光万道。这两位强大的勇士潇洒漂亮，青春永葆，和他们一起乘车的还有他们的女友——萨维塔尔之女、太阳姑娘苏里娅。起先，萨维塔尔打算把女儿许配给月神苏摩为妻。但是，由于姑娘长得太漂亮，许多天神都来追求她。最后萨维塔尔和女儿商定：谁乘车第一个赶到太阳处，她就嫁给谁、在这场竞争中，阿湿毗尼兄弟俩独占鳌头。结果苏里娅姑娘登上了他们的金车，成了他们的伙伴，与阿湿毗尼驰骋天空。

阿湿毗尼对亲族人类的关怀更甚于对天神的关怀。他们常把凡人从各种灾难和不幸之中拯救出来。他们非常聪明，懂得治病的本领，常常帮助虚弱者、患病者和残废者，并使老年人返老还童。有时还挽救溺水者。

苏里耶三个大孩子：阎摩、阎密和摩奴都曾是凡人，而他们的弟妹却一生下来就成了天神、因为生他们之后苏里耶才咸了太阳神。

阎摩与其妹阎密在一起生活，从不违背达摩之道，阎摩是第一个死去的凡人，他开辟了通往地府之路。由于父亲的怜悯？使他后母对他的诅咒减轻了。从那时起直至今天，他成了死人王国的主宰，以及正义之道的维护者。大地上死者的灵魂就是沿着先辈开拓的道路来到阎摩地府的，在那里，阎摩维持正义，把一切生前犯有滔天罪行的人打入地狱。因此，他又被称为正义之神。老二阎密，即是阎摩的妹妹，也是他的，隋人。所以阎摩死后，阎密十分悲伤。许多天神都来安慰她，可她总是说："我怎能不伤心呢，要知道，他今天刚刚死去的呀！"要让她忘记阎摩还真是不容易 最后，天神们想出了个好主意。他们把时间划分为白昼与黑夜。夜晚一过，清晨到来，阎密就忘记了她心爱的情人，因此，人们常说一句话："昼夜循环，痛苦易老！"

阎摩的弟弟摩奴是洪水滔天的时候留下的唯一凡人，所以摩奴就成了人类的始祖。阎密后来成了阎牟拿圣河的河神。沙尼升了天，成了土星之主。塔帕蒂嫁给了月亮族国王，伟大的英雄俱卢就是她的儿子。阎摩之父苏里耶是大地上第一个献祭的人，他把火种赐予人类。忒力瞿族的仙人们教会凡人使用烟火。

月神苏摩

　　月神苏摩自从成为星辰、祭司、植物、仪礼的主宰者后，不禁为自己的荣誉和权力而忘乎所以了。有一次，他看中了祭主美丽的妻子陀罗，便趁机拐跑了她。祭主十分爱他的妻子，使尽一切办法要把陀罗要回去，但都无济于事。最后，祭主把梵天请出来求情，苏摩仍不买账，因为苏摩的背后有太白金星之主乌沙纳斯撑腰，他是阿修罗的导师，与以祭主为导师的天神们势不两立。以因陀罗为首的天神们为导师祭主打抱不平，誓死要夺回陀罗。不久，一场战争便因此爆发了。双方战士奋勇拼杀，呐喊声直冲云霄。到处是战死僵仆在地的尸体，血流成河。这残酷而疯狂的景象，就连大地女神也为主颤抖不已。她请求梵天来制止这可怕而无休止的战争。梵天也不忍看着他们自相残杀下去，于是命令双方停战缔结和约。陀罗——战争

的导火线，也被送还祭主。

　　然而，祭主发现回到家中的陀罗已怀孕了。不久，一个漂亮异常的儿子降生了。这孩子难以形容的美妙面容使得祭主和苏摩都震诧不已，以致他们都宣称这是自己的儿子，两人争执不下，一起到梵天那里评理。天神们叫来陀罗，问她："开诚布公地告诉大家吧，谁是孩子的生身父亲？"陀罗心里十分羞愧，一句话也不说。这时，陀罗的儿子很生气，威胁她若再隐瞒实情，将受到诅咒。梵天发话了，他问陀罗："女儿啊，请告诉我：这孩子是谁的儿子，是祭主的还是苏摩的，难道你愿意因为这孩子的缘故使他们再一次相互残杀吗？"已羞得满面通红的陀罗只好回答说："这孩子是苏摩的。"

　　苏摩得到一个漂亮异常的儿子，十分高兴，为他取名布达，意即明智者。梵天也封他为布达行星，即火星的主宰。

　　陀罗归还给祭主后，苏摩一口气娶了达刹二十七位美丽的女儿——月空中二十七个星座为妻。在这二十七个妻子中，苏摩最宠爱罗希妮，因为她最漂亮。结果其他二十六位妻子倍感冷落。她们纷纷跑到达刹那儿埋怨丈夫。

　　达刹把苏摩召来，对他的行为表示不满，最后非常严厉地警告苏摩，要求他对妻子们采取不偏不倚的态度。苏摩口头答应了，然而一回去，照旧我行我素，把达刹的警告全然抛之脑后，每天只和罗希妮呆在一起。其他妻子再次跑到达刹那儿告状，并且表示不再回去了。

达刹只好再次召来苏摩，规劝他不能厚此薄彼，。像上次一样，苏摩口头答应了，妻子们也跟了他回去，可是，这一次苏摩依然我行我素。妻子们再次向父亲告状："苏摩根本不把你的话放在心上！"达刹震怒了，要惩治苏摩的无礼行为；他诅咒苏摩，使他染上重病。

达刹的诅咒应验了 月神苏摩渐渐消瘦起来，日益虚弱，月光也一天天变得苍白无力，暗夜变得更加黑暗。大地上青草开始枯萎，犹如失去水分，动物也开始掉膘，一个个有气无力，好像饿着肚子一样，整个大地仿佛被死神笼罩，而这一切和月神苏摩的染上重病相关，月神越来越小，越来越瘦。连天神们电终于晾恐不安起来了，他们对苏摩说："月神啊，你到底怎么了？以前你总是光彩照人，丰满圆润，现在却为什么变得如此虚弱不堪？"于是苏摩把达刹诅咒的事告诉了天神。天神们一起到达刹那儿替他求情："请你宽恕苏摩吧，由于你的诅咒，他一天比一天瘦弱，现在几乎瘦得不成样子了，大地的…'切生灵也因为你的诅咒而遭殃，都在一天天枯萎，我们也是如此！要是我们也一天一天向死亡靠近，那么宇宙间还存在什么呢。"达刹沉思片刻，终于答应了天神们的请求。他说："看在你们的分儿上，我可以饶恕他。他可以到圣河萨罗私伐底河的入海处，用那里的水洗掉自己的罪孽。不过，从今以后，每个月有一半时间，他将逐渐消瘦，另外半个月，他又逐渐丰满起来。"

　　苏摩来到圣河的入海处，用水洗尽了自己的罪孽。那清冷皎洁的月光，再次从他身上发射出来，照耀着整个宇宙和生灵。天神、人类和动植物一个个又都焕发了生机与活力。苏摩也从此接受了教训，对二十七个妻子一视同仁。

　　从此以后，每个月里，月亮都有圆有缺。据说，在月缺时，天神和阎摩王国的先人灵魂都来吸月神身上的苏摩圣酒。月神苏摩是由这些苏摩酒构成的。这之后，太阳再次补充月神的光辉。

火神阿耆尼

　　创世之初，从梵天的肚脐眼中生出了八位善良的天神，他们统称为婆苏，意思是乐善好施者。他们中的老大叫阿享，意即白天；老二德鲁波，后来成为北极星之主；老三是月神苏摩；老四达罗，意即大地支柱；老五是英俊的婆痕，即风神；老六阿纳拉，就是火神阿耆尼；老七普拉久沙意即拂晓；老八佳乌斯，意思是青天也叫着拉婆萨，意即光辉。这八位天神都是天帝因陀罗的随从，其中火神阿吉尼最强大，成为八人中的首领。

　　阿耆尼出世时，天神们正要举行祭典。他们希望阿耆尼成为祭典的祭司，以及祭品的携带者。可是阿耆尼非常恐惧，他害怕自己拿着祭品，当祭祀之火熄灭时，他的生命也会随之结束，因为这时，他还不能长生不老。于是火神逃之夭夭，藏到

水里去了。

因为火神隐匿不见，夜晚没有了驱散黑暗的火光，妖魔们就活跃起来，他们在夜晚四处游走，横行霸道、肆无忌惮。天神们深为忧虑，以夜神和水神为首的天神说："我们应该把阿耆尼找回来。"最后，还是鱼类把火神阿耆尼藏身的地方告诉了天神。因为阿雷尼藏在水中，他身上不断散发的热气让鱼类惊恐不安。

阿耆尼对鱼类的告密极为生气，他大发雷霆，诅咒鱼类将会被火煎炒之后出现在人类的餐桌上。从这以后，鱼类就是人类餐桌上的合法食物。

海神伐楼那向火神呼吁："回去吧！幸免于洪水的摩奴，为了在大地上延续人类，也该完成祭祀。除了你，谁还能将祭品带给天神呢？"阿耆尼说："大地上的祭火已经熄灭，我像水牛害怕猎人的利箭那样害十自死亡，因此我才跑出来，要是你们能使我永生，我就回去！"天神们将阿耆尼的要求转告了梵天，然后对他说："阿耆尼啊！你将是我们长生不老的祭司，这是梵天的恩赐。在祭祀中，你不会有任何损伤，祭品也将有你的一份。"

从此，火神阿耆尼重回大地，和自己的兄弟月神苏摩一起成为祭祀的主宰。

死神出世

很久很久以前，地上的人们是不会死的。在金时代，人们不知道什么是罪恶，他们生活得无忧无虑。

但是大地上的生灵繁衍生息，无限制的增长让大地女神不堪重负，大地女神终于向梵天诉苦了。

造物主梵天开始考虑如何减少世上的生灵，可一时想不出办法来。这让梵天极其愤怒，他的愤怒之火从全身的毛孔中喷射出来，燃成一片火海，世界面临毁灭，湿婆大神可怜生灵，他对梵天说："始主啊，别迁怒于你创造的生灵，宇宙万物如果毁于一旦，就难以复苏了。让这些生灵有生有死吧，别让他们全都灭绝！"

梵天的愤怒平息了，他将怒火归于心田，于是从梵天的身体里生出一个黑眼睛的妇女。这个女人头戴莲花花环，身穿红

衣，向南走去，梵天叫住她："死神，行动吧！你生于我毁灭世界的思想和行动，你去消灭生灵吧，不管是聪明的还是愚蠢的。"

死神一听就哭了。她央求道："创始之主，不要把如此可怕的任务交给我吧，我怎能忍心去消灭无罪的生灵、大人和孩子呢？我不忍心从父母那里夺走心爱的孩子，不忍心使夫妻、亲人生离死别。要知道，有谁死了，其生者会诅咒我，我害十自诅咒和不幸者的眼泪，它们使我感到灼痛。"但是梵天说："死神啊，我让你去消灭生灵是不可更改的命令，行动吧！"死神就这样来到人间。不过始祖还是可怜她，让她的泪水变成让人死亡的疾病，同时敷情和淫荡也成为死亡的原因。这样，死神历来是无罪的，她也成为正义之神，她摆脱了爱与憎，忠实地执行着梵天的命令。翩翩起舞。徐徐的清风，不断吹起她美丽的裙幅。这景象使风神婆痪见了怦然心跳，便从背后突然搂住安舍那。安舍那吓了一大跳，喊道："谁敢这样侮辱我？我丈夫知道了，决不会饶恕你的。"

风神紧紧搂抱住安舍那，在她耳边轻轻地说："别害怕！我对你的爱不会损害你一根毫毛，而且送给你一个强大而聪明的儿子。他会秉承我的天赋，成为一个四海扬名的人物！"

清晨，一个婴孩在"呱呱"声中降生了。安舍那把婴孩放在柔软的草地上，便匆匆回去了。婴孩饿极了，正好看见一轮鲜红的朝阳从山后冉冉升起，他认为是一个熟透的桃子，便纵

身一蹦，跳到天上，要去把太阳摘下来。天神们看见一个孩子像风一般飞上天空，一个个都吓得目瞪口呆。

就在孩子快要飞到太阳近旁时，风神连忙鼓起嘴唇，向孩子吹去阵阵凉风，因为太阳光很可能把孩子的身子灼伤。而太阳看见一个顽皮的小家伙要向他靠近，便侧身一避，躲开了。因为他觉得这孩子虽然不知天高地厚，却前程远大，所以不忍心把孩子灼伤。而此时，妖魔罗喉正对太阳紧追不舍，它总是处心积虑想吞掉太阳。罗喉看见有个小孩也好像要吞食太阳，便惊惶地赶到天帝那儿告状："从古到今，太阳和月亮一直是我法定的食物，现在却有另一个人想把我的食物抢去。天帝啊，你怎么能容忍这种事发生？"

因陀罗对罗喉深表同情，他也绝对不能容忍有谁扰乱天界的秩序。于是，他骑上大象，手持金刚杵，由罗喉带路，来到太阳那儿。那小孩一见没有身体，只有一颗圆滚滚的脑袋的罗喉，以为又是一个大果子，便扑向罗喉，吓得罗喉抱头鼠窜。因陀罗眼疾手快，挥动金刚杵向风神之子打去。顿时，风神之子眼冒金星，从天上摔到地上，连下巴也摔歪了。风神之子坐在地上伤心地号啕大哭。

婆庾见儿子坐在地上哭泣，一问知道是因陀罗干的好事，十分生气，决心要报复。于是风神把儿子扶进一个山洞里，两人呆在里面不肯出来。这样，整个世界没有一丝儿风。树枝儿不会迎风飘拂了，鸟儿不能展翅高飞了，因陀罗也没法借风下

雨，人类在烈日下汗流浃背，酷暑难耐，生活完全失去了它原有的光彩。天神、人类、一切生物，都感觉到了风神的无情惩罚。

天神们纷纷来到梵天那儿，请求帮助。梵天告诉他们事情发生的前因后果，最后说，如果要一切恢复正常，只能求风神大发慈悲。于是，风神与他儿子藏身的洞口挤满了前来求情的天神们，他们在洞口沸沸扬扬，乞求风神大发慈悲。而天帝因陀罗也出面向风神道歉。最后，梵天还答应赐予风神之子随意变形的本领。

风神出了山洞。整个世界又恢复了勃勃生机。从此以后，大家都称风神主子为哈奴曼，意即烂下巴。哈奴曼后来凭着他的睿智和高超的本领建立了伟大功勋，从而享誉天下，成为人人称道的英雄。

雪山神女

　　达刹之女萨蒂在祭祀中自焚献出了肉身，此后，她又投胎至众山之王喜马谐尔 (喜马拉雅) 之妻曼娜腹中。出身后名为帕尔瓦蒂，即雪山神女。雪山神女经过艰苦的修行，又重新赢得湿婆为丈夫。事情的经过是这样的。

　　在北方，众山之王喜马谐尔大有威望，只是一直没找到合适的妻子。达刹有六十个女儿，他把这些女儿分别嫁给了迦叶波等大仙们。在这些女儿中，有一位名叫斯瓦达的，同祖群仙人结了婚。斯瓦达生有三个女儿，分别叫曼娜、德尼娅和迦罗瓦蒂，一次，这三姐妹到毗湿奴大神居住的乳海中的白洲去礼拜大神。当时在场的天神和仙人们极多，一位叫娑那迦的仙人也来了，这位有声望的仙人来到时，许多天神都起身表示敬意和欢迎，但唯独这三姐妹没有站起来迎接。娑那迦认为她们无

礼，十分生气，就诅咒她们必得像凡人一样怀胎分娩。三姐妹闻听诅咒，十分后悔，忙伏在仙人脚前请求宽恕。仙人原谅了她们，但诅咒不可改变，只好补充说："她们将分别嫁给一个好丈夫，其中曼娜将同喜马谐尔结婚，并生出雪山神女。"后来，曼娜果然同北方那位威德卓著的山王再马话尔结了婚。因陀罗等天神知道了这件事之后，就来到曼娜面前恳求她经过苦修，赢得世界之母的欢心，使她答应投胎做曼娜的女儿。曼娜答应了之后，就开始了很虔诚的修行。世界之母对她的苦修和膜拜很满意，出现在她面前，让她请求恩典。于是曼娜很虔诚地行了礼，请求有一百个好儿子，并且请求世界之母做她的女儿，从她的腹中生出。世界之母答应了这些请求后，便消失了。

到了时候，曼娜真的从腹中出生了一百个儿子，最大的儿子取名叫曼纳迦，然后曼娜经过怀孕生出了世界之母。喜马谐尔得知女儿出生，便举办了十分盛大的庆典。向众多的求施者散布了财富，仙人们给新生的女婴取名叫迦梨（时母）、杜尔迦（难近母）、帕尔瓦蒂（雪山神女）。

雪山神女慢慢地长大，开始从师学习。一天，那罗陀大仙来到喜马谐尔家中，喜马谐尔热情地款待了大仙。然后他请那罗陀大仙看了女儿雪山神女的手相。大仙说："这姑娘的一切征兆都是吉祥的，只是有一条线表明，她的丈夫将是一个瑜伽修行者。他赤裸着身体，是个无情欲的、无祖先的人。"听了

大仙的话，喜马谐尔和曼娜十分痛苦。但雪山神女却十分高兴、喜马谐尔问大仙有什么办法没有。大仙告诉他："只有一位天神具有这种所有的特征，那就是大神湿婆，如果雪山神女能够得到湿婆，那你将会是幸福的。为了得到湿婆，雪山神女应该进行艰难的苦修。湿婆在接受了这姑姑之后，将被称做半女世尊。"那罗陀大仙走后，喜马谐尔就对妻子曼娜说："我们应该想念大仙的话，你应该去告诉我们的女儿 为了得到湿婆，我们的女儿应该开始苦修。"于是曼娜去对女儿这样说了，雪山神女告诉母亲说她做了一个梦，梦里一个婆罗门要她通过苦修去获得湿婆。喜马谐尔同时也做了一个梦，梦见了一个婆罗门到他的城市附近来修苦行。果然，湿婆带着自己的许多仆从来到喜马谐尔统治的城市附近、恒河女神下凡的地方来修行。喜马谐尔得知后便亲自领了女儿雪山神女，带了许多精美的礼品来侍奉湿婆。湿婆正在坐禅，喜马谐尔便在一旁静静等待。湿婆坐禅完毕，喜马谐尔就给湿婆唱了许多颂歌，然后请求湿婆恩准他可以每日前来膜拜，同时还请求给他的女儿雪山神女侍奉湿婆的机会。湿婆同意了他第一个请求，但却拒绝雪山神女的侍奉。湿婆说："女人是男人苦修的障碍。"雪山神女听了这番话很不满意，同湿婆辩论，听了雪山神女的辩驳，湿婆只得同意了她的请求。得了湿婆的恩准，雪山神女便每日领了自己的女友到这苦修地 礼拜湿婆。对于近在咫尺的娇艳的雪山神女和她的侍奉，湿婆无动于衷，每日专心他的苦修，

这使众天神十分着急。

众天神的着急不安是有原因的。原来，达刹的一个名叫底提的女儿与迦叶波仙人结婚后，生过许多儿子。后来她又通过苦修博得了梵天的喜欢，得了一个名叫婆奢拉伽的强壮的儿子。这个婆奢拉伽又生了一个总是制造混乱很厉害的儿子，名叫多罗迦。多罗迦通过苦修赢得了梵天的喜欢后，就要求梵天给予他战无不胜的恩典。梵天给了他除湿婆的儿子外谁都无法战胜他的恩典。于是多罗迦有恃无恐地胡作非为起来。他抢走了天帝因陀罗的爱罗婆多神象，财神俱比罗的九件宝，太阳神的马以及众天神的各样宝物，并且将天神们赶出了天堂，让阿修罗们占据那里。没有一位天神能够对抗他的强大勇猛，他们都被这个阿修罗之王搅扰得痛苦不堪，于是众天神推请因陀罗做代表来拔梵天。

梵天尽管很同情天神们，但他却无能为力。他对因陀罗说："多罗迦的力量是我赐予的，但我无法征服他。只有湿婆的儿子才能杀死他，你们去湿婆那里请示他接受喜马谐尔的女儿，生个儿子，这样，你们的苦难就解除了。"

因陀罗听了梵天的话，就召唤爱神前来。他先是赞扬了一通爱神的力量，然后就请求他帮助众天神。因陀罗明白地告诉爱神，只有大神湿婆的儿子才能杀死阿修罗之王，而且是湿婆结婚生的儿子才行。要想使湿婆结婚，可不是件容易事。因陀罗说："啊! 爱神，你想办法打断湿婆的坐禅，用你那不可抗

拒的力量使湿婆迷恋雪山神女吧。"

爱神受了众天神的委托，就带着自己美丽的妻子罗蒂和助手春神来到喜马拉雅山上。瑜伽之王湿婆正在这里一心一意坐禅。爱神来到这里后，立即开始他的安排。季节之王春神开始在大神湿婆的周围呈出春之美丽。大地上布满鲜花，和煦的春风使人产生情欲，月神将清丽的月光洒在大地上，像是在为男女情人传递爱之消息。这时，爱神来到湿婆左侧不远处，弯弓搭箭，等待着时机。尽管爱神安排好了这一切，但他却找不到湿婆心中的任何缝隙，无法射中湿婆。就在这时，雪山神女像往常一样，同自己的女友捧着鲜花，来膜拜湿婆。当雪山神女走到湿婆面前，离湿婆很近的时候，世尊湿，婆暂时停止了自己的坐禅，睁了一下眼睛。爱神盯住这瞬间的机会，向湿婆射出花箭。

盛装打扮、含情脉脉的雪山神女今天仿佛是专门为帮助爱神而来的。她站在湿婆面前，向他行礼，献上鲜花，恭敬地膜拜湿婆。湿婆用不同以往的目光看了一下雪山神女，美丽的神女不禁羞色满面。湿婆盯住雪山神女，竟赞叹起她的娇美："啊，多美的面庞，像皎洁的月亮；多美的眼睛，像盛开的荷花。她的步子袅袅婷婷，她的面容娇艳无比。造物主将这世界上的一切灵秀与魅力都给了这一位美人儿。"湿婆正在这样赞美着雪山神女的时候，忽然觉得心里有点异样。他在心里对自己说："我这是怎么了？这是多么奇怪的事情？是哪个卑鄙的

东西使我平静的心里产生了这样的变化。"

大瑜伽神湿婆这样想着，向四周环视，于是，他看到在他的左边，爱神正在为自己的得手而洋洋得意。世尊湿婆立即怒不可遏。这时，爱神发觉大事不好，吓得立即丢掉弓箭，蹿跳到空中。他颤抖着默请天神之王因陀罗和其他天神。众天神立即赶来了。向湿婆行礼请求宽恕爱神，就在所有的天神纷纷请求的时候，湿婆那长在宽阔额头上的第三只眼睛突然睁开了，像世界末日之火的烈焰顿时喷射出来。正在天上、地上四处奔逃的爱神顿时跌落到地上。还在众天神请示湿婆"饶恕这罪人"时，爱神已经被那烈焰烧成了灰烬。众天神看到这惨景，个个痛心疾首地悲叹道："怎么会成了这样？"

爱神的妻子罗蒂目睹了自己丈夫的死，强烈地悲痛使她跌倒在地，等她清醒过来之后，她恸哭着说："我可怎么办，我到哪里去寻求庇护，我还能依靠谁啊，你们这些天神干了什么啊！为了你们自己的利益，害死了我的丈夫。毁了我的一切！"湿婆烧死爱神之后便消失了，雪山神女被她的父亲领回了宫中，她因为失去了湿婆十分不安和忧伤。这时那罗陀大仙来到雪山神女面前，教给她湿婆的赞语，要她坚持苦修。那罗陀大仙告诉她说，虽然她尽心尽意地礼拜和侍奉湿婆，但那样做并不能得到湿婆的欢心，因为湿婆是个瑜伽苦修者。只有经过艰苦的修行，她才能得到湿婆。

那罗陀大仙走后，雪山神女高兴起来，她怀着"通过苦修

就可以获得大神湿婆"的坚定信念，全身心地准备开始苦修、她和自己的两个女友一起去征求父母的意见。她的父亲说："我很喜欢这个决定。不过你还得去征求你母亲的准许。"她又来到母亲曼娜面前。两个女友对她的母亲说："你的女儿为了得到自己心中的大神湿婆，决心到森林中去苦修。她的父亲已经同意，现在我们征求你的意见"两个女友说完便退到一旁。曼娜心中很不安，她不能同意女儿到森林中去。

这时，雪山神女双手合十温柔地恳求母亲说："为了得到大神，明天一早，我就要到净修林去，请你愉快地同意吧，"听了女儿的话，母亲心中十分痛苦，她让女儿坐到自己身边，对她说："我的女儿，如果你因为失去湿婆而很痛苦，如果你已经决心非要得到你的湿婆，那你就在自己的家中苦修，不要离开家到森林中去。我的女儿，你的身子比花朵还要柔弱，而修行是件很苦的事，你还是不要去。"但雪山神女一再地恳求和坚持，她的母亲只好同意了。

于是雪山神女和女友一起来到恒河下凡的地方。世尊湿婆曾经在这里坐禅，并且将捣乱的爱神烧死。雪山神女来到这里，见不到湿婆的踪影，她呆呆地立在那里，望着湿婆最初修行的地方，痛苦和忧伤袭上她的心头，她不禁哭起来。伤心的雪山神女哭了很久，终于忍住了，然后坚定地开始她的苦修。她先清理出一片地面，建了一个祭台。接着，她开始了那连大仙也难以完成的苦修。

炎炎夏日，她在四周堆起柴火，点燃，自己坐在火圈中，日夜念着湿婆的赞语；雨季，她坐在光秃的岩石上，任倾盆大雨流在身上；冬日，在无数寒冷的夜晚，她愉快地浸在水中，专心致志地数着真言。在第一年中，她吃果实，第二年，她只吃树叶，后来她什么都不吃，就这样，她苦修了三千年。

雪山神女怀着要得到湿婆的坚定信念，苦修了这么久之后，仍然没有见到湿婆。喜马谐尔携妻子、儿子以及大臣们来到雪山神女面前，对她说："啊，孩子，你是见不到湿婆的，因为他是个极冷漠的人，现在该放弃你的苦修了。站起来，和我们一起回家吧，那个烧死爱神的大神不会满足你的心愿。他不会接受你，就像谁也无法得到天上的月亮，你应该明白。我纯洁无罪的孩子。你也难以得到湿婆。"听父亲的这番话，纯洁的女神说："啊，父亲、母亲，我早就对你们说过，难道你们忘记了吗，好吧，现在请听我的誓言，毫无疑问，大神是极冷漠的，他在愤怒的时候竟将爱神烧成了灰烬。但我一定要用这极端的苦修使湿婆满意和高兴起来。请你们大家愉快地回各自的住所去吧。我坚信世尊湿婆会喜欢我的。"听了雪山神女的这番话，众人无可奈何地回去了。

雪山神女和自己的女友重又坚定异常地沉浸在伟大的苦修中。雪山神女伟大的苦修，使三界中的天神和阿修罗无一例外地感觉到了烧灼般的痛苦。他们一时间弄不明白究竟是怎么回事，因陀罗和众天神按照祭主木星天师的指教，来到修迷罗山

上，寻求梵天的保护。他们向梵天行过礼。唱过赞歌，就开始诉苦："啊! 大神，你创造出来的这整个世界为什么一时这么灼热。我们谁都不知道其中的奥秘。梵天大神啊，请你告诉我们原因。我们的身体像是被烧着了一样， 除了你，我们再没有别的保护了。"

梵天知道这是因为雪山神女伟大的苦修造成的。就率领众天神来到毗湿奴面前。毗湿奴说："我们一起去大神湿婆那里，恳求他同意和雪山神女结婚，这对整个三界都是最有利的，我们现在就去他那里，恳求他给雪山神女恩典。"众天神回答说："我们都怕那个烧死了爱神的湿婆。他会怒气冲冲地像烧死爱神一样烧死我们的。我们中没人敢去。"

毗湿奴劝慰了众天神，并保证他们不会被烧死之后，众天神就随梵天和毗湿奴一起去谒见湿婆了。途中，他们看望了苦修中的雪山神女。并向她行了礼。然后他们一行来到湿婆那里，众天神齐推那罗陀到湿婆面前去，剩下的都站得远远的。那罗陀勇敢地走到湿婆面前，发现湿婆很高兴，于是他好不容易才将众天神召唤到湿婆面前。毗湿奴和众天神向湿婆行了礼，唱了赞歌，然后对他说："大神咽，你是这个世界的创造者和天堂的主人。是三世界的创造者保护者。因此我们现在来请求你的庇护，除了你，再没有谁能解除我们的痛苦。"听了众天神诉苦的话之后，仁慈的神牛南迪对大神湿婆说："啊，世尊湿婆，被恶魔折磨得痛苦不堪的众天神，为了谒见您而来

到这里。他们是来请求得到您的庇护的。啊，至高无上的大神、仁慈的大神。您应该保护他们，因为您一向被称做是崇拜者的保护神。"

神牛南迪替众天神、仙人们请求了湿婆之后，正在闭目禅思的仁慈的大神湿婆慢慢地睁开眼，停止了他的深思。他对众天神们说："你们到我这里究竟为了什么？请把你们的用意讲明。"众天神听湿婆如此说，就都把目光投向毗湿奴。为了众神的利益，毗湿奴开始恳求湿婆，他说："啊，大神湿婆，众天神被阿修罗多罗迦折磨得痛苦不堪。众天神为了拜谒您而来到这里。他们是来请求得到您的庇护的。啊，至高无上的大神、仁慈的大神。您应该保护他们，因为您一向被称做是崇拜者的保护神。"

湿婆听了这番话，说："你们大家像我一样，专心地苦修吧，通过苦修，你们会解除一切痛苦。"说完，闭口不言，又继续他的深思。湿婆的回答使众天神十分失望和不安。毗湿奴看着正在深思的大神对神牛南迪说："我们现在该怎么办？大神又在坐禅了。啊，神牛，你是大神真正的伴侣和最圣洁的服侍者，请你告诉我们，怎样才能使大神湿婆施恩于众天神？我们请求你的庇护。"

神牛听了众天神的夸赞，便高兴地对众天神说："要想得到大神湿婆的恩惠，你们全体真诚地赞美他吧。大神永远受他的膜拜者的支配。"

　　于是，众天神按照神牛所说的那样真诚地赞美和膜拜起湿婆来。湿婆不得不再次停止他的坐禅，对众天神说："说吧，你们到底为何而来？"毗湿奴回答说："啊，大神，你是无所不知的世界之主，你清楚地知道我们心中所想。多罗迦搅扰得我们太痛苦了。我们为寻求你的庇护而来。世界之母为了你已经降生在喜马谐尔家中，只有你和她所生之子才能杀死多罗迦。雪山神女按照那罗陀的训诫正在苦修，她的苦修之力充满了这整个宇宙。啊，大神，请你到正在苦修的雪山神女那里去给她恩典吧。"众天神在一旁拼命地赞颂湿婆。湿婆这时便笑着说："好吧，为了你们大家的利益。我同意结婚。"

　　听了湿婆的这句话，众天神十分欢喜。于是极裕仙人来到喜马谐尔面前，告诉他湿婆要同雪山神女结婚的消息。并且说，一个星期后，是吉祥的日子，该让伟大的世界之母同世界之父在这个日子里举行婚礼。喜马谐尔同意了。仙人们祝福了他之后，来到吉罗婆山上，对湿婆说，该开始准备迎亲队了。

　　湿婆召唤来自己的各路仆从，要他们准备好和自己一起去迎亲。湿婆说："留一些仆从在这里守护，其余的全部随我去喜马谐尔那里参加盛大的婚礼。"得知湿婆将要同雪山神女结婚，各方神、仙、人魔和世间的一切生灵都向那城市集中，去参加那无比盛大的婚礼。一时间，天上、空中、地面和地下风尘拜拜、地动山摇。无数的天女载歌载舞，鼓乐齐鸣地簇拥着新郎打扮的湿婆：湿婆头戴华丽的宝冠，两耳吊着蛇环，第三

只眼放出异彩，身上涂了檀香灰，穿着象皮衣。毗湿奴、梵天、因陀罗、紧那罗诸神紧随着湿婆。

湿婆的这支迎亲队来到喜马谐尔城市外时，雪山神女的母亲曼娜非要看看女婿的长相不可。曼娜迎着大队人马往前走，仔细地端详每个打扮得很神气的年轻小伙子，揣度着哪一个是湿婆。当曼娜看到那罗陀时，就问那罗陀哪一个是湿婆。那罗陀指点着众天神们，介绍说，这不是湿婆，这是干达婆；这是紧那罗；这是阎摩；这是火神，这是梵天，这是某某。

曼娜急切地想要见见新女婿的模样。那罗陀对她说："这些都是湿婆的伴侣和仆从，湿婆比他们都更有风采。"曼娜听了更加高兴，忽然她看见一个长着五张脸，正面的脸上长着三只眼，穿着象皮衣，耳上戴着蛇环，骑在一头牛背上的人。那罗陀告诉她说这就是湿婆。曼娜听了，原先那份高兴劲儿顿时飞到九霄云外去了。她哀伤得昏过去。她的女友们急忙将她弄醒。曼娜苏醒过来之后，说什么也不肯将女儿嫁给湿婆。她一边痛哭，一边咒骂，众天神和她的丈夫喜马谐尔也都劝说曼娜，但曼娜就是不肯听从。毗湿奴百般劝说之后，曼娜说，如果湿婆能变化得衣冠华美，她才同意让女儿同湿婆结婚。

曼娜话音刚落，湿婆就变化得十分神气地出现在曼娜面前。曼娜见湿婆变了模样就同意了。这场意外的风波过后，迎亲队来到了喜马谐尔的宫殿前，打扮得十分庄重的王后曼娜手捧金色的灯向湿婆行了献礼，表示欢迎。看到湿婆那光彩照人

的容貌，曼娜为自己的女儿的幸运而高兴。婚礼开始了。喜马谐尔请祭司开始各种仪式。祭司按照世俗的规定举行了众多的仪式之后。让雪山神女戴上湿婆带来的各种珠宝首饰。

喜马谐尔对湿婆说："啊，至尊无上的大神，今天我把我的女儿交给了你，请你接受她，把她作为可爱的妻子吧。"喜马谐尔一边口里念着咒语，一边将世界之母雪山神女交给了湿婆。湿婆接受了雪山神女，并且按照世俗的仪式口念咒语，手触地面。这时，三界响起一片欢呼声。干达婆们唱起歌，天女们跳起舞来。完成了世俗的婚礼之后，湿婆和雪山神女一起坐在坐毡上，向众多的婆罗门施舍了财物。这时，罗蒂来到湿婆面前，请求湿婆让她那被烧成灰烬的丈夫爱神复活。湿婆朝那一堆灰烬看了一眼，于是爱神就站在了罗蒂面前，罗蒂看见丈夫复活，惊喜异常。湿婆命令爱神呆在毗湿奴天界之外。

婚礼结束后，迎亲队簇拥着湿婆和雪山神女回到盖吉罗娑山上。

战 神 出 世

　　婚礼之后，湿婆领着雪山神女来到吉罗娑山上一处十分迷人的僻静地方。在这里他们成年累月地欢爱。过了很久很久以后，众天神见他们仍没有生下一个孩子，都很着急。于是他们找到梵天，又一起来到毗湿奴面前，请示毗湿奴去恳求湿婆停止享乐，专心生个儿子。毗湿奴对众天神说，妨碍男欢女爱是大罪过，又说：

　　"你们不要企图去阻止湿婆和雪山神女，我知道，满了一千年之后，湿婆就会停止他的欢爱。"听了毗湿奴的话，众天神无可奈何地回各自的天界去了。

　　湿婆和雪山神女在继续他们的欢爱。他们的性力使整个乏界颤抖，天神们又担忧起来。他们再次来找毗湿奴，于是毗湿奴便率领众天神来盖吉罗娑山上，在这里膜拜和赞美世尊湿

婆。毗湿奴一边赞颂湿婆，一边眼里噙满泪水。湿婆为毗湿奴的泪水所感动，为众天神的赞颂而欢喜。于是他走出来，说："如果你们有能力接纳我的精液，那你们就拿去。然后它生成儿子，去消灭多罗迦。"说完，湿婆就将自己的精液甩在地上，在众天神的请求下，火神阿耆尼变作一只鸽子啄食了它。

当雪山神女知道了这一切后，她觉得自己的母性受到了伤害。于是恨恨地诅咒众天神再也得不到快乐，天神的妻子们不但要遭受爱欲的煎熬，而且不能再生育。火神阿耆尼吸食了湿婆的精液后，感到难以忍受的痛苦。为了摆脱这窘境，众天神又来寻求湿婆的庇护。湿婆看到火神痛苦的样子，产生了怜悯之心，就让他将啄食的精液放到某个女人的身上去。这时那罗陀来了，他告诉了火神该怎样去做。于是在印历十一月，火神来到钵罗耶伽圣地，将湿婆的精液通过汗毛孔放进在这里洗澡的七仙人妻子们（除了阿伦特蒂之外的其余六位妻子）的子宫中。六位仙人的妻子怀孕了，到了时候，她们就把共同孕育的胎儿留在了众山之王喜马拉雅山上，众山之王无法承受，就将它丢进恒河，恒河也无法忍受，就将它涌上岸，抛在娑罗根达林中，在这林中，在印历九月白增月的第六天，湿婆的儿子出生了，他被称为战神塞健陀（鸠摩罗）。

战神塞健陀出生后，众友仙人来到娑罗根达林。战神看见众友仙人，就请他为自己举行一场圣礼。众友仙人看见一个新生婴儿竟然说出这样的话，很惊讶，他说自己是一个刹帝利，

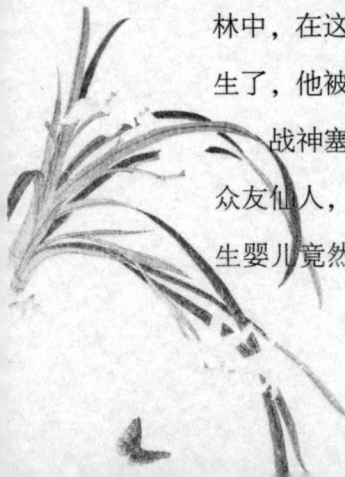

不能做婆罗门祭司才有权做的事。于是战神塞健陀就给了众友仙人思典，使他成为了婆罗门。众友仙人咸了婆罗门，就按规矩为王子举行了出生礼等各种圣礼。另一个仙人雪白大仙亲吻了塞健陀王子，然后给了他十分厉害的武器。

塞健陀王子接受了这些武器，带着它们来到迦郎遮山。为了试验这些武器的力量，他举着它们朝山峰砍去。住在这里的阿修罗们就和战神打了起来，结果都被战神打败了。因陀罗被震惊了，也来到这里，同战神打起来，因陀罗高举手中的金刚杵，向塞健陀王子的左右和正中打去。结果从金刚杵打击的地方生出三个十分雄武有力的布鲁沙，他们都长着四臂，因陀罗见此景，吓得立即请求饶命。

战神塞健陀王子又来到天界。正在池中沐浴的昴宿六女神看见他，便一齐跑来抱他。王子一下生出六张嘴，然后用这六张嘴去吸吮六神女的奶水。昴宿六女神将王子带回家中，用奶喂养他。

一天，雪山神女忽然想起，就问湿婆孩子的下落。湿婆向众天神询问此事。于是他知道他已经有了一个儿子塞健陀。湿婆对自己的仆从说："你们跟着南迪去把王子接来。"南迪遵旨和众仆从到昴宿六女神身边，对她们说她们哺育的那孩子是湿婆的儿子，他们奉湿婆之命来接王子回去，然后，南迪让塞健陀王子坐在雪山神女派来的华丽的车子上，将他带到湿婆天界。

王子在这里受到真诚热烈的欢迎，湿婆和雪山神女为王子

举办了盛大的典礼，在吉时良辰为他进行了系圣线的仪式。然后用恒河水、朱木拿河和娑罗期婆蒂水以及其他许多河、海水为他洗浴，众天神还给王子奉献了各自的宝物：毗湿奴给了他神杵和神盘；因陀罗给了他爱罗婆多神象；湿婆给了他三叉戟；吉祥天女给了他一枝莲花；其他天神也纷纷将自己的宝物给了王子。

众天神齐声赞颂了湿婆之后，请求湿婆允许塞健陀王子成为神军的统领，率领众天神去消灭多罗迦。世尊湿婆同意了众天神的请求，为王子举行了仪式，使他成为神军的统帅。当阿修罗之王多罗迦得知自己的城堡周围布满了神军时，就召集来自己的军队，要他们准备作战，不久，双方便展开了激战。

因陀罗首先出阵与多罗迦交战，结果因陀罗败下阵来。毗湿奴上阵交锋，他手举神盘向多罗迦打去，却被多罗迦用三锋神箭将神盘射成两截，毗湿奴换一件兵器，继续同多罗迦交战，最终，毗湿奴还是战不过多罗迦，败下阵来。英勇的雄贤见状冲上去用三叉戟打伤了多罗迦，但狡猾的阿修罗之王左突右击，雄贤奈何不得他。最后雄贤被赶出了战场。多罗迦越杀越勇，力量有增无减。这使众天神有些恐慌。梵天来到战神塞健陀王子跟前，对他说："除你之外，任何别的天神都无法杀死他，我请求你同多罗迦作战。"

当王子在多罗迦面前时，阿修罗之王便嘲笑起众天神，他说："连你们都打不过我，却让这么个小孩子前来应战，让他

走开，换个别人来打。"但是战神塞健陀毫不理睬他的话，他向多罗迦进攻了，毗湿奴和众天神也一齐助战。王子和多罗迦各自手举武器你来我往地激战。忽然，塞健陀王子被多罗迦击伤，一下子倒在地昏了过去。过一会儿，清醒以后，他愤怒地跳起来，又与多罗迦杀起来。这两个勇武的人一时战得天昏地暗，难分难解。众天神和阿修罗分手，停止战斗，目瞪口呆地看着他们厮杀，王子同多罗迦激战了无数回，不分胜负，于是，塞健陀王子默祷湿婆和雪山神女，然后朝多罗迦的胸部狠狠地一击，多罗迦的胸膛顿时裂开了，阿修罗之王倒在地上死了，众天神发出一片欢呼，用鲜花向战神表示祝贺。

战神塞健陀王子杀死阿修罗之王多罗迦的消息传遍三界。迦郎遮之王闻讯超速来到战神面前，向他诉说恶魔巴耳的残暴和给众生带来的多年的灾难，迦郎遮王请求王子杀死恶魔，把他们从苦难中解救出来。于是战神用力投出一支长矛，杀死了恶魔和他的同伙。接着又有许多神灵来寻求战神的帮助，王子有求必应，消灭了许多恶魔。战神消灭了众多的恶魔之后，回到盖吉罗娑山上，众天神向湿婆表示感恩，并且赞美了他，世尊湿婆对王子表示出万般的慈爱。雪山神女将王子搂在怀里，温柔地抚摸着他、这时，喜马谐尔国王领着全家也赶了来，他们夸赞了大神湿婆、雪山神女，大家都十分高兴，所有的天神、仙人、乾达婆等都赞美他们。乾达婆撒下花雨，唱起颂歌，天女们翩翩起舞。天界一片欢腾。

象头神出世有一天，雪山神女同自己的两个女友一起散步。两个女伴对她说："尊贵的女神，湿婆的门外有那么多的仆从为他守护，可我们却一个都指使不得，如果我们也能有个仆从供我们差遣，那该多好。"雪山神女听了这话也没放在心上，过后就忘了。

但后来有一天，雪山神女正在沐浴，世尊湿婆走了进来，这使雪山神女感到难堪和羞涩。这时，她想起了两个女伴曾经说过的话，觉得自己确实应该有一个信得过的仆从。于是她用自己身上的污垢做出一个英俊、强壮而杰出的小男孩来，雪山神女在他手里放一根木棒让他去守门，她吩咐他说，没有她的允许，任何人都不准放进来。说完，雪山神女又去沐浴了。这时，世尊湿婆又走了来，他正要进去，却被那男孩拦住了。湿婆对这意外的阻拦感到恼火，他说："我是家中的主人。是雪山神女的丈夫，你怎么能拦着不让我进自己的家？你这样做愚蠢又没有道理。"说完，湿婆理直气；比地要进屋去，但那男孩拦着就是不让进。湿婆哭笑不得，便让仆从去劝说他。湿婆的仆从劝那男孩不要和至高无上的大神做对。说违抗世尊湿婆的意愿绝没有好下场。那男孩只是固执地挡在门口，丝毫不理会仆从的劝说，说急了，便用棍子打跑仆从。湿婆的仆从们三番五次地企图劝解那男孩，但男孩只知忠实地执行雪山神女的吩咐，没有她的允许任何人也不让进。劝说不行，仆从们便开始向那男孩进攻，但谁也打不过他。

　　事情闹大了，梵天、因陀罗和那罗陀等一起来到湿婆天界，梵天上前试图说服那男孩，那男孩非但不听，反而揪梵天的胡子。梵天告诉他自己是谁，可他一点也不在乎，反倒用棍子打梵天。梵天无奈，只得回去向湿婆报告。世尊湿婆决心亲自去制服那男孩。于是众天神随湿婆一起来到男孩面前，毗湿奴用厉害的武器攻击雪山神女的男孩，可男孩毫无退缩之意，却把毗湿奴打得退下阵来。看到这情景，湿婆亲自上阵，不料，那无所畏惧的男孩打掉了湿婆手中的弓，而且还扎伤了湿婆的手。看到那男孩如此英勇无畏，湿婆和众天神都十分惊异。最终，湿婆恼怒了，用三叉戟砍掉了男孩的头，众天神和仆从们这才定下心来。那罗陀大仙来到雪山神女面前，把事情经过告诉了她。听说自己的儿子被湿婆杀死了，雪山神女怒不可遏，她造出了十万萨克蒂，命令她们去消灭杀死自己儿子的凶手，杀死湿婆的仆从，众天神、梵天和毗湿奴。雪山神女生出的这些萨克蒂给天界带来一片恐慌，天神们都陷入沮丧、担忧之中，个个六神无主。

　　这时，那罗陀大仙受众天神之托，出面向雪山神女顶礼膜拜，唱了赞美诗，这使雪山神女的怒火熄了。但她还是提出一个条件，她的儿子必须复活，并且让他在众天神中占据显赫地位。湿婆同意了雪山神女的条件，于是，天神们按照湿婆的旨意，向北方走去，找到一头只有一只长牙的象，将象头砍下带回来。湿婆将象头按在那男孩身上，象头人身的男孩复活了。

湿婆立他为自己的无数仆从的统领。取名叫"郡主"。众天神对着象头神纷纷顶礼膜拜。看到自己的儿子复活了，雪山神女如愿以偿，和湿婆又像从前那样相爱了。战神塞健陀和象头神郡主也和普通人一样有过童年的嬉戏。他们享受着父母湿婆和雪山神女的慈爱。渐渐地，他们长大了，成人了，于是有一天，湿婆和雪山神女商量着两个儿子的婚事。当父母亲向两个儿子提起这事时，他们都欣喜万分，争着要先结婚。

106

湿婆见他们争执不下，就说："你们两个到大地上去巡视一周，巡视完了，先回来者就先结婚。"听了湿婆的话，塞健陀王子立即跑出去巡视大地，他走了之后，象头神郡主请湿婆和雪山神女坐上宝座，按规矩先礼拜了他们，又绕着他们转了七圈，然后就请求父亲为他成亲。湿婆诧异地问郡主，这怎么行？郡主不慌不忙地说："是您规定的，环绕父母得到环绕大地同样的果报。"

看到象头神如此聪慧，父母都很喜欢。他们决定先给郡主成亲。正巧，生主来找湿婆和雪山神女提亲，他们很高兴，马上邀请了众天神和仙人，让郡主同生主的两个女儿结了婚。郡主的这两个妻子很快就为郡主生了两个儿子。

当战神塞健陀巡视完大地兴冲冲赶回天界时，那罗陀大仙就把郡主已经结婚并有了儿子的消息告诉了他，战神听了之后只是说："如果父母偏袒，那有什么办法？"然后愤然离家到迦郎遮山上修行了。

杜尔迦女神

　　因陀罗是天神之王，他和恶魔檀那婆之间连续进行了一百多年的战争。结果天神被强大的恶魔打败了，檀那婆坐上了因陀罗的宝座，而天神们则在人间像凡人一样游荡。最后他们来到梵天、毗湿奴和湿婆面前，向三大神诉苦，请求三大神帮助他们消灭檀那婆。

　　听了众天神讲述恶魔的暴行，毗湿奴和湿婆十分愤怒，他们的眉毛竖了起来，愤怒从他们的口中喷射出来，变成耀眼的神光。因陀罗和众天神也一起从口中喷出神光，这许多神光汇聚到一起像一座燃烧的火山，渐渐地，神光中出现一个威严的女神。

　　被恶魔驱逐出家园的天神们看见女神的诞生都欢呼起来，然后他们纷纷将自己的兵器献给女神。湿婆给了女神三叉戟，

毗湿奴给了女神神盘，伐楼那给了女神神螺，火神给了她长矛，因陀罗也把自己的金刚杵给了她，并从爱罗婆多神象的颈上解下神钟给了她。海神给了她用盛开的莲花结成的花环，喜马拉雅山神给了女神一头狮子当坐骑。女神受到了众天神的崇拜，哈哈大笑起来，她的笑声震动了三界。

惊天动地的巨响和欢呼声惊动了恶魔之王，他集结了军队向发出巨响的地方奔来。在他的面前是一个挥动着上千只手臂、顶天立地的威严女神。众恶魔和女神的战斗开始了。

女神手持神弓，发出如雨的利箭，将恶魔手中的武器纷纷打落。众天神在一旁观战，不由欢呼起来。女神的坐骑神狮抖动着鬃毛，像一团火似的在恶魔的阵地上飞旋。女神呼吸中生出了一万个从者，他们都参加到与恶魔的打斗中。女神用三叉戟、神杵、神矛和短剑杀死了数不清的敌人。因陀罗的神钟也震昏了许多妖魔。战场上到处都是恶魔的尸体。恶魔军队中的马、车、象也被女神打的人仰马翻，战场上血流成河，恶魔损失惨重。

魔王的统帅齐楚尔见此情景冲进战场，向女神射出数不清的箭，无数的箭矢飞向女神，就像云雾围绕着高山一样。但是女神从容不迫地击落了所有的箭，然后击毁了齐楚尔的战车，杀死了他。

魔王看见自己的将领一个一个被杀死，就变成一条牛亲自冲进了战场。他勇猛无比，杀死了女神的许多从者，又瞪着两只通红的眼睛向女神的坐骑神狮冲过去，力大无穷的恶魔之王用巨大的蹄子刨着地，两只角掀翻了许多座山，发出惊天动地的响声，两只巨大的鼻孔喷出的气又吹倒了许多山。

女神毫无惧色，她面对力大无穷的牛魔王，扔出一条绳索，将牛魔王捆得结结实实。牛魔王立刻又变化成一头狮子，挣脱了绳索。女神举起三叉戟，向魔王的头砍去，恶魔变成一个手持利剑的男子。女神射出无数神箭，魔王又变成一头巨大无比的大象。女神挥剑砍去大象的鼻子，恶魔又重新变成牛形。女神愤怒了，她唱了许多酒，红着眼睛放声大笑，魔王用角挑起一座座大山朝女神砸去，女神用箭将大山击碎，纵身一跳，跳上牛背，用三叉戟狠刺牛脖子，终于将恶魔之王杀死了。

天界的天神，人间的凡人和地界的居民都向女神欢呼，干达婆唱起优美动听的歌，天女们翩翩起舞。天神重归家园，熄灭的祭火又重新燃烧起来，杜尔迦女神许诺，当人们陷入绝境时，只要默祷她，她便会将他们从困境中解救出来，然后她就微笑着消失了。

鸟王伽拉多救母记

　　金翅鸟一出生就大得惊人，他遮天蔽日，整个世界都被覆盖在他的阴影之下。他的出生是这样的。

　　比娜多和伽德娜是两姐妹，俩人一起嫁给了摩里质之子伽叶波。有一次，伽叶波问她们各自需要什么样的儿子。伽德娜说想要一千个儿子，而比娜多却说只要两个儿子，但她希望这两个儿子的勇气能超过伽德娜的一千个儿子。

　　果然，伽叶波满足了她们的愿望。伽德娜一口气生了一千个蛋。而比娜多只下了两个。又过了五百年，伽德娜的蛋孵出了一千条黑蛇，而比娜多的两个蛋呢，没有一丝儿动静。看着伽德娜的一千个儿子，比娜多十分着急，终于迫不及待地打破了一个蛋。第一个儿子出生了，可是他还没有完全发育成熟呢，样子难看极了。母亲给这个大儿子取名叫阿鲁那，阿鲁那

却诅咒母亲将要做五百年奴婢，只有他的弟弟出生时，才能得到解放，因为阿鲁那怨，旧母亲使自己样子这样难看。

阿鲁那的诅咒终于得到应验。有一天伽德娜和比娜多正好看到神马乌蔡什罗婆从海中腾起，两个人打赌马尾巴的颜色，输家做赢家的奴婢。比娜多认为马尾巴是白色的，而伽德娜却使了诡计，命令她的一千个儿子——一千条黑蛇趁夜色偷偷爬到神马尾巴上，从而颠倒黑白。结果，比娜多做了伽德娜的奴婢。

五百年又过去了，阿鲁那的弟弟伽拉多终于破壳而出了。当时太阳神苏里耶正在发怒，因为怪物罗喉总在他后面追逐着他，想把他一口吞下。这样每天东奔西跑，没有片刻安宁的日子让太阳神忍无可忍，他大发雷霆，威胁说要用自己的光热烧毁世界。所有的生灵和天神都很害怕。于是梵天决定召大鸟背着他的哥哥阿鲁那到东方去，把他放在太阳神的马车上，以抵挡太阳神那令人难以忍受的灼热光线。大鸟很忠实地完成了梵天的命令。从此阿鲁那，朝阳之神，也就成了太阳神的马车夫。

伽拉多回到他母亲身边，伽德娜正对他母亲发号施令："海中间有一个鲜花遍地野果满山的岛屿，是我们蛇类居住的好地方，你把我和我儿子们驮到那里去吧！"这样，母子驮着伽德娜和她一千个儿子飞住海洋中间。他们迎着太阳往前飞，伽拉多对伽德娜的飞扬跋扈很不满，他灵机一动，于是尽量靠

近太阳，企图烤死背上的蛇类。许多蛇受不了阳光强烈的烤灼，被烧焦了。

伽德娜见势不妙，连忙请求因陀罗的帮助。立刻，天空阴云密布，遮住了太阳，大雨滂沱。伽德娜和她的儿子们总算安然无恙地抵达岛屿。

伽拉多对这种奴婢地位很是想不通。一天，闷闷不乐的他问母亲："蛇类凭什么对我们发号施舍？我们为何要屈辱地为他们当牛做马？"比娜多告诉了儿子打赌而沦为奴婢的往事。伽拉多决心要把母亲解救出来。他问蛇类："只要能把我母亲从奴婢地位上摆脱出来，我愿意为你们做任何事，我该怎样做？"

蛇类告诉他："很简单，若你能从天神那儿弄来长生不老药，我们可以让你母亲获得解放。"

伽拉多直飞云霄，一直向天神所住的地方飞去。路上，他看见他父亲伽叶波仙人正在山里进行苦行修炼。仂0拉多正饿得头冒金星，于是问他父亲哪儿能填饱肚子。伽叶波告诉他前面有一个湖泊，湖里有一只巨龟，湖边有一头大象，正好可以充饥。

伽拉多来到湖边，发现父亲所言果然不错。他一爪抓住巨龟，一爪抓住象，飞到一棵大树上，正要降落下来吃掉食物。突然"嚓"一声，树枝由于无法承受他的重量，断了。伽拉多虽然两爪抓着巨龟和大象，仍然用嘴衔住树枝，不让它落下

来。因为他看到，树枝上倒挂着许多侏儒仙人。这时，他父亲伽叶波出现了，他告诉儿子："我的儿，你要小心，别伤害了他们！"原来，这些侏儒仙人法力无边。有一次，伽叶波命令他的儿子们——天神去取祭火的燃料，天帝因陀罗挑了一担柴火回来，在路上正好碰上侏儒仙人们。他们也想帮伽叶波取燃料，但个子太小，费了半天功夫才背了一小块木片，而且步履蹒跚，跌倒在积满水的牛脚印里。因陀罗见了哈哈大笑，并从他们头上跨过。这对侏儒仙人无疑是耻辱，他们诅咒天帝——一旦大鸟出生、天帝将被大鸟击败。

大鸟听了父亲的警告，小心翼翼把侏儒仙人们放在地上，然后才进食。随后又精神抖擞地出发了。

天神们正在天宫里宴饮。忽然，狂风大作，电闪雷鸣，乌云笼罩，好像要有什么东西降临。大家正惶惶不安时，祭主说："大鸟来了，想要窃取我们的长生不老药，你们快准备战斗吧。"

因陀罗和天神们连忙披上战甲，拿着长剑和标枪，守护在长生不老药旁。突然，巨鸟展开他那巨大的双翼，犹如一轮光芒四射的太阳出现在众神面前。天神们立刻从四南八方向大鸟投掷铁饼、标枪，如飞雨一般密集。伽拉多怒吼着，鼓动着他那强劲的双翼，伸出他那锐利的双爪，直打得天神们四处逃窜，无还手之力。伽拉多不费力气便拿走了装着长生不老药的瓶子，离开天宫。

就在这时，因陀罗尾追上来，他挥动手中的金刚杵，猛击大鸟。大鸟却丝毫无损。伽拉多这时对因陀罗说："你和我斗是白费力气，我力大无穷，你不是我的对手。但是，我不想成为你的仇敌。假如你想和我成为朋友，就跟我走一趟。当我把我母亲从蛇类的奴隶的镣铐中解救出来时，你可以把这药带回去，我不会阻拦的。"因陀罗很高兴，他打心里不愿大鸟继续和他为敌。所以他说道："伽拉多，你的英明使我很钦佩，我愿和你成为朋友。而且，为了表达我这种心意，我愿赠给你一件礼物。你说，你要什么？"伽拉多想了想说："让蛇类成为我的食物吧！"从这时起，蛇类便成了鸟王伽拉多和他的子孙们的口中食了。

两人来到蛇岛。伽拉多告诉蛇类："我遵守协定，拿回了长生不老药。药现在放在俱舍草上，你们洗漱完后去尝尝吧。"蛇类很高兴，于是释放了伽拉多和母亲，随后赶忙去洗漱一番。因陀罗趁机偷偷把长生不老药拿走了。蛇类回到放长生不老药的地方，却不见了长生不老药。没有办法，只好舔刚才放过盛药瓶子的俱舍草，结果蛇的舌头分了叉。而俱舍草，也成了一种圣草。

鹿角仙人

毛足国发生了大旱灾，整整一年天上没有降下一滴水来，土地干涸，庄稼颗粒无收，举国上下一片恐慌，不祥的恐惧瞅准了每个人的心，毛足国王一筹莫展，祭司们说："只有鹿角仙人踏进国土，老天才会降下雨来。"

鹿角仙人是谁呢？他是一位著名的修道士维宾达卡的儿子，维宾达卡脾气暴躁，一个人隐居在深山里的净修林中。鹿角仙人是从母鹿腹中降生的，一生下来，额头就长着一支鹿角，母鹿将他遗弃在维宾达卡的屋门前。

鹿角仙人跟随着父亲，从小过着苦行生活，从未离开净修林一步，根本不知道外面是什么样子，除了父亲，也没见过任何人。怎么能把鹿角仙人带进毛足国呢？要知道，没有人敢冒犯维宾达卡，因为他长期实行最严格的苦行，拥有巨大的法

力。一位婆罗门祭司出主意，既然鹿角仙人非常年轻，又从未涉足尘世，那最好派一个年轻漂亮的姑娘将他引诱出山。

这时毛足国王的女儿平和公主挺身而出接受了任务，引诱鹿角仙人来到毛足国。人们用假树和灌木枝绑扎了一个漂浮在水上的净修林，装载了许多美味的食物、果子和酒，平和公主坐在里面，向鹿角的住地扬帆而去。到了鹿角仙人他们住的净修林附近，平和公主上了岸。一天她瞅准了维宾达卡正好外出，鹿角一个人在茅舍中休息，就现身于鹿角仙人眼前。

鹿角仙人看见平和公主惊讶极了，他问："尊贵的客人，你是谁？你的修道服怎么如此美丽。你长得真好看呀，请坐下来休息吧，这里有林子里味道鲜美的水果，有从最干净的山泉打来的水，你坐的席子，是用圣草编织的。请告诉我，你是如何修行的？"

公主告诉鹿角仙人自己就住在附近，然后反客为主，给鹿角仙人吃自己带来的精美的水果、喝美酒，这都是鹿角仙人以前从未接触过的，他不由感到心醉神迷。公主和鹿角仙人在草地上嬉戏玩耍了一阵，紧紧拥抱了鹿角仙人之后才悄然离去。

平和公主走了之后，鹿角仙人仿佛失去了什么，他沉浸在刚才欢乐的激情之中不能自拔。

维宾达卡回来了，他看见儿子闷闷不乐地坐着，低垂着头，没有像平时那样烧好牛奶、煮好饭。维宾达卡问鹿角仙人发生了什么事，鹿角仙人说："今天来了一位苦行者，他编着

长长的头发，周身放着金光。他的身体真美好，眼睛像荷花瓣一样美丽。他的身上散发出阵阵幽香，脖子上还戴着光闪闪的珠宝，好像闪电透云间，他的腰肢纤细好像杨柳，可是胸前却有两处隆起曲线优美，他的手、脚也纤细可爱，他的道袍光彩夺目，不像我的黯然无光，他说话的声音婉转如黄莺，他不用我的清水和甘果，却递给我他自己的，那种果子的味道和我以前吃的完全不一样，我喝了他的水感到特别愉快，大地好像在我脚下移动。他走了，我觉得好像有烈火焚身，我一定要追到他，永生永世陪伴他，假若不能看见他，我的每一天都像在受刑。"

维宾达卡明白是怎么一回事了，他告诉儿子，在森林里许多罗刹经常勾引修行者误入歧途。他要儿子忘掉发生的事，潜心修行。末了，维宾达卡还将整片林子搜索了一遍，没有见到一个罗刹的踪影，他才放下心来。第二天，他又照常出去了。这时候，平和公主又翩然而至，鹿角仙人和公主玩得十分开心，他说："趁我父亲不在，我们一起离开这儿吧！"于是平和公主带上鹿角仙人乘上木排，飞快地向毛足国驶去。

当鹿角仙人一踏进毛足国边界，天上就降下甘霖，旱情解除了，万物又恢复了生气。国王十分高兴，替公主与鹿角仙人举行了十分隆重的婚礼。

维宾达卡仙人知道这样事后非常生气，他气呼呼地跟着国王派来的仆人去毛足国王处兴师问罪。但国王的盛情款待和丰

富的礼品使他很快消了气，同意了这门亲事。

平和公主与鹿角仙人幸福地生活在一起，还生了一个儿子。

土星的影子

　　有一天，那罗陀仙人来到因陀罗的宫殿，和因陀罗谈了起来。那罗陀谈到了大神们的重要和威力。因陀罗很不爱听这些话，他说："那罗陀仙人！我毕竟是神王啊，无疑我比他们都强，你为什么还要夸耀那些神仙呢？在我面前夸他们好，这是对我的一种侮辱。"

　　那罗陀仙人毫不示弱。他笑了一下说："神王，你认为我的话侮辱了你那你就完全错了。一般说来，你要想得到别人尊重，假如你指责别的神，蔑视他们，那你是不会得到尊重的。"

　　因陀罗听了这话感到很不是滋味。他说："我毕竟是神王嘛。"

　　那罗陀仙人又劝道："这你就不对了。你把其他神当成你的子民。他们不是子民，而是你的朋友和同伴。你应当平等对

待他们。妄自尊大，到头来会吃苦头的。”

"但我的威力比别的神大。我是雷雨之神，没有我的命令，一点雨也不会下，我的威力远及人间和天堂。"

"这样的威力所有的神都具有。"那罗陀仙人再次劝因陀罗说，"水归水神管，风听风神的话。太阳神和月亮神的力量谁都知道，土星一发怒，谁都会吓得胆战心惊。哪个神没有一点威力？你要把其他神看作朋友和同伴，这对你是有好处的。不然的话，总有一天你要大祸临头。"

傲慢情绪使因陀罗忘乎所以。他嘲笑那罗陀说：

"难道也要把土星同其他众仙一样看成朋友吗，他那漆黑的面貌怎么能同我相比、那罗陀先生！你有时说话太使人不能理解了。"

"面目黑白是另一回事，威力大小与这毫不相干。现在你还不知道土星的厉害，所以你才这样说。他只要高兴，可以使穷人变成王子，谁要是使他生气，他立刻就会让谁的国家灭亡。不仅是我，连火神和迪格杰也佩服他。就在几天前，他对那罗国王生气了，顿时，那罗国王众叛亲离，群起而攻之。最后，那罗的亲弟布湿迦罗篡夺了王位，那罗国王只好到森林中流浪。他走到哪里，灾难就跟到哪里，地面上的花儿、果子全没有了。有一次，他用围巾做了一个网，想去捉鸟，结果不仅没捉到鸟，连网都被鸟带走了；他抓了条鱼，在火上烧，鱼烧焦了。他想拿起烧焦的鱼充饥，这时鱼又活了，一个个都跳到

水塘里。不仅如此，那罗国王在森林中还失去了妻子达摩衍蒂，她到处流浪，后来只能去伺候别人。那罗也只有干低贱的活儿，境况比乞丐还惨。

最后土星息怒，他的生活才有了好转，重新得到了失去的财富。哈里希金德国王和姆金德国王也曾因为引起土星神的勃然大怒而吃过苦头。你不要讥笑他们，别的神也是神，各自主管某一方面的事。他们没有做不到的事，你要和他们搞好关系，这样对你有好处。不然的话，你会倒霉的。"

因陀罗哈哈大笑起来，说："喂，请你走开吧 I 亏你还是个大仙，除了会吹海螺，你还会什么？你是婆罗门，所以这样胆小怕亭，我是刹帝利，谁都不怕。"

"即使别的神不可怕，土星也不是好惹的，他会使你受折磨的。"说完，那罗陀仙人就走了，因陀罗的傲慢使他十分厌恶。

那罗陀喜欢周游各国，说三道四，好管闲事，所以他常常到处转悠来寻开心，有些仙人称他是"好说闲话的神"。

第三天，那罗陀到了土星那里。土星对他表示欢迎，并问他有何新闻。那罗陀谈了他和因陀罗的那次谈话。土星得知因陀罗如此目空一切，说："你不必担心，下星期日天堂将要开会，在那里见到因陀罗，我要好好劝他，他会克服那种狂妄心理的。"

星期日到了，众神聚在天堂开会。毗湿奴主持会议，黄昏

时会议结束了，因陀罗和土星相遇。因陀罗说："土星先生，听说你没有做不到的事情。但我是不怕你的。你能把我怎么样？"

土星对他说话的口气十分讨厌，但他仍然耐着性子说："走着瞧，现在没有什么好说的。"

"以后干什么？你就现在显显本事吧！我想看你的能耐有多大。"

"你太傲慢了，大神！"

"你可以常常吓唬别的神，但我要告诉你，因陀罗是不怕你的。"

土星勃然大怒，他很严肃地说："神王，我不想和你较量。但是，你狂妄至极，自我陶醉，想把别的神踩在脚下，那你就听着：明天，你会吓得忘记吃喝。如果你有本事的话，就想办法不让我抓住你，并尽快走开。"因陀罗很不以为然到回到了自己的住处。

那天晚上，因陀罗做了一个可怕的梦，好像有个黑脸魔鬼张开大嘴要吃他。

清早他想，谁知道土星会不会在耍花招。我应当藏在一个地方，让他找不到。

他马上脱下衣服装成乞丐，来到森林中。

因陀罗知道自己惹恼了好几位天神，所以他担心，怕他们都帮助土星，想到这里，他的勇气消失了，提心吊胆地藏在密

林中。

天已经亮了。因陀罗想："既然土星向我挑战，那他一定会寻找我的，他可别驾着云在天空中看到我，因此我应该躲进树丛中坐着。本来附近就有树丛，但因陀罗担心藏在树丛中也会被发现，所以就躲进了一个大树洞里、树木高大，树洞很深，他就坐在了里面。他想，土星就是长着十万个脑袋休想看到我。不要说他，连小蚂蚁都不可能知道我藏在这里。土星今天再也无法逞威风了。"

土星哪儿也没有去，但他对因陀罗挑战的时候，就把自己的影子投到因陀罗身上，而他自己照常干自己的事。因陀罗在哪儿，干什么，这与他毫不相干，但他的影子总会对他发生影响。

一天过去了，当太阳落山时，因陀罗走出了树洞。他用警觉的目光四下看看，周围谁也没有。他认为，土星不是根本就没来，就是来了很快又回去了。连风都觉察不到我，土星算老几！

第二天，陶醉于胜利的因陀罗说："喂，土星，你失败吧！现在毫无疑问，我的力量比你大。"

土星哈哈大笑起来。土星笑着回答说："你输了，我胜了。尽管这样，你还在笑话我。去吧，你把全部经过向别人讲讲吧！"因陀罗睁大眼睛问道："你说什么，我败了？那就请你说说自己胜在哪儿吧!"

"好吧，你听着，"土星说，"我说过，明天你将忘记吃喝。现在这句话已经应验了。你怕我所以钻到了树洞里，一整天没吃没喝，你吓得连朝外看都不敢，这是我的影子的威力。那时我已经把影子投在你身上。我就有这样大的本事，不必自己亲自出马，用自己的影子就能把任何人找到。正是由于我的影子威力，你在树洞里藏了一整天，没吃没喝。你以为你这样做很聪明，实际上这是我的威力，否则你何必离开宫殿，藏到树洞里？"

因陀罗低下了头。他双手合十说："我不会傲慢了，土星！你确实比我本事大，能耐高。"

这时，土星微笑着与因陀罗拥抱了。

黑天的故事

一、黑天出世

摩吐罗城的刚沙王凶狠歹毒。那罗陀仙人向他宣告："提婆吉所生的第八个儿子将置你于死地。"提婆吉是刚沙的堂妹，牧人富天的妻子。刚沙听了那罗陀的预言之后，就命令手下从一开始就要干净彻底地不断剪除提婆吉的婴儿，要精确地统计提婆吉妊娠的次数，不可放过一个孩子。

在士兵严密地监视下，提婆吉的前六个儿子刚生下来就被杀害了。第七个儿子得到了睡眠女神的保护。女神在孩子出生前，把他从提婆吉的子宫转移到了富天另一个妻子罗希尼的子宫里。这个男孩就是黑天的哥哥。后来，他以"大力罗摩"的绰号闻名于世。提婆吉和牧人难陀的妻子耶雪达同时怀孕了。

提婆吉的这个儿子就是黑天。黑天降生以后，为使他免遭刚沙杀害，富天用刚出生的牧民的女儿换下了他，这样耶雪达的女儿被刚沙在岩石上摔得粉身碎骨，黑天却被当作牧民的儿子，和被先送到这里的哥哥大力罗摩一起在牧民中长大。这就是大神毗湿奴以黑天之形诞生在柯利氏族。

二、婴儿期的黑天

黑天在还是一个乳婴的时候就不断做出令人惊愕的奇迹。

一天，黑天母亲耶雪达要去朱木拿河边沐浴，她将睡着的黑天小心翼翼地安放在院里一辆牛车下，因为那里既遮阳又通风。在洗澡时耶雪达心里总是不踏实，她匆匆洗过澡就急忙返回家。一进院门她便发现大车已倾倒在地，车的各个部位都散了架，车轮和车辕全都飞到

一边。耶雪达惊叫一声，以为车翻了把孩子压在了车下，她心都提到嗓子眼儿了，急忙跑到跟前，却看见小黑天依然在熟睡着，不由欣喜若狂，将孩子紧紧搂在怀里。但是大家都不明白车子是怎么散架的。其实，刚沙派了阿修罗沙迦塔苏儿刺杀黑天，沙迦塔苏儿钻进牛车的车底，想寻找机会杀害熟睡的黑天。没想到当他准备折断车身砸向黑天时，却被黑天一脚踏上了天，等他再跌落地面就被摔得粉身碎骨了。这之后过了一段平静的日子，但就在这段日子里，刚沙已经知道了大神毗湿奴化身黑天要宋除掉自己，现在又得知沙迦塔苏儿的死亡，他

不胜悲痛，更坚定了除去黑天的决心。

普塔娜女妖是刚沙的奶妈，刚沙决定让她去杀死黑天。普塔娜答应完成刚沙的使命。

在一个宁静的夜晚，普塔娜变作一只雌鸟出发了。从她那扑扇的翅膀发出一种可怕的声响。半夜时分，她飞到了难陀的家，落到了院中那牛车的车轴上。此刻，她那充足的奶水，从乳头不住地向外喷涌。人们早已进入梦境，普塔娜还施展了魔法，使人们即使醒来也听不到她发出的那可怕的声音。

普塔娜在窥视着。耶雪达给黑天喂了奶就转身睡去了，普塔娜瞅准这天赐良机，钻进难陀的寝室，把自己的乳头塞进已睡熟的黑天口中。不安分的黑天便立即开始吸吮起来。普塔娜见状喜不自禁，她确信黑天会因吮吸自己有毒的奶水而死亡，自己的目的就会全部达到。她一面百般爱护地继续喂奶，一面急切地期待着黑天死期的到来。而黑天却硬是吸个没完没了。顷刻间，黑天便迅速地吸干了她的乳汁，继而又开始吸吮她的元气和精髓。普塔娜见状大惊失色，她拼命挣扎想保全自己的性命，但已无济于事。

突然，黑天猛地用嘴一吸，普塔娜的命根便被吸了出来。伴随着一声惨叫，普塔娜倒在了地上，她生命之精华已被吸尽。

普塔娜的那声惨叫惊醒了所有的人。难陀、耶雪达和牧民们急忙爬起身来。普塔娜那倒在地上的庞大的身躯，宛如一座

被雷电击倒的大山。看到这一景象，人们都惊呆了。但他们并没认出死者是刚沙的奶妈，因为面前躺着的是普塔娜的原形，她的乳房已被咬掉。

邻近的牧民听到嘈杂声也都赶来观看。人们惊讶之余，纷纷围住难陀想打听个究竟：她到底是谁？怎么死，在了这里？但是谁也说不出个所以然。

人们一起把普塔娜的尸首处理完，带着疑问各自返回家里。

随着时间的流逝，黑天和大力罗摩渐渐长大，他们的相貌、秉性、举止如出一辙，简直如同一个人的左膀右臂。人们怀着欣喜的心情关注着两人的非凡举动。在牧民的眼里，两个孩子简直就是英武的战神鸠摩罗。他们的恶作剧令人瞠目，他们的耍笑又使人们捧腹。两个顽皮的家伙常常要心眼儿，使得难陀夫妇大伤脑筋。

这天，黑天的恶作剧让耶雪达受到了惊吓，她被深深地激怒了。她拖着黑天来到了牛车旁。她先用绳子拴住了黑天的腰，然后把他和一个大石臼绑在了一起。"要是有能耐，那你就挣脱了跑！"说完，她就又忙别的事去了。耶雪达心里很踏实：这回黑天可跑不掉了，所以她一直在忙碌着。那边，黑天拽着石臼挪动着，挪着挪着就出了庭院。石臼被夹在两棵孪生树之间的空隙里，黑天使劲一拉，两棵大树竟然被连根拔倒。黑天则站在两棵树之间开心地笑起来。

往返于通往亚穆纳河路上的妇女们目睹了这惊人的

一幕，慌忙跑到耶雪达身边："哎呀，我们布拉吉的妇女头人，快去看看吧！我们整天祈祷的那两棵孪生树，让你那小子给弄倒了。快看，你那小于正站在两树之间笑呢！他身上还被绳子绑着哪！有你这样糊涂的人吗？你儿子算是捡了条命，快去看看吧！"听了这一席话，耶雪达惴惴不安地跑到了出事地点。

两棵躺倒的大树展现在她的眼前。大树之间是绳索拴着的石臼和与它连在一起的黑天。此刻，黑天的脸上仍留着灿然的笑影。

孪生大树被放倒的消息很快传遍四面八方。布拉吉的男女牧民都来观看。人们互相议论着：这么大的树怎么会倒了呢？没刮风，没下雨，没遭雷击，也没有发生大象的骚动……但这两棵树居然倒了！

难陀感到自从黑天出世后发生的事太多了，他想也许应该离开这个地方，搬到别处去住。

耶雪达拴在黑天腰上的绳子在黑天身上留下深深的印痕，从此黑天又有了达牟达尔 (肚子上有印记) 的称号。

三、少年黑天

黑天和大力罗摩就这样无忧无虑地一天一天长大，一晃到了七岁。两人在林中放牧，吹着牧笛，身怀各种绝技，博得了

牧民的喜爱。

这天，黑天觉得布拉吉的草已经不够茂盛，牛在这儿已经吃不饱。于是黑天从身体里变出无数的饿狼，饿狼在布拉吉散布着恐慌，它们不但袭击牛群，还攻击妇女和儿童。

人们认为这儿再也不能居住了，大家商量后决定全体搬迁到附近的沃伦达森林中去。沃伦达森林林木繁茂，附近的牛增山更是生机勃勃，难陀和大家都很满意，但是他们并不知道这背后黑天的手段。黑天看到大家在这里开始创造幸福的生活，感到由衷的高兴。

在沃伦达森林中，大家过了一段平静的生活。亚穆那河流经这块富饶的土地，黑天经常和伙伴们在河边玩耍。

河对岸有一个深潭，潭中住着力大无穷的龙王迦梨耶。他是刚沙王的至交，他听说刚沙的性命将会结束在一个男孩的手中，于是从此不放过到河边玩耍的任何一个男孩，他一心想把那个注定结果刚沙的孩子咬上致命的一口。迦梨耶不时从水中窜出骚扰百姓，它瞪着血红的眼睛，五个巨大的头颅中吐出火舌般的蛇信，河水因为他的出现而沸腾倒流。黑天看见正在高兴嬉戏的伙伴因为巨龙的出现而四处逃散，他感到气愤无比。黑天紧了紧腰带，爬上河边的一棵大黑檀树，站在一棵树杈上纵身跳进了深潭中。深潭里激起巨大的浪花，黑天消失在浪花中。

迦梨耶看见一个男孩跳进深潭就发狂般地扑了上来，他的

火舌喷出的烈焰使附近的树木都化为灰烬，他用巨大的身体紧紧缠住黑天——毗湿奴的化身，在他身上四处叮咬。

黑天从龙王的缠绕中挣脱出来，狠狠地踢了龙王头部一脚，又爬上龙王巨大的头颅，在上面跳起舞来。迦梨耶承受不了大神沉重的身躯，五个头中都流出鲜血，像喷泉一样染红了潭水，他的身躯也开始下沉。迦梨耶惊慌无比，他央求道："力大无比的英雄啊，我请求您的庇护，我有眼无珠，不知道您是毗湿奴大神。我今后将变成无害的龙。您对向您请求庇护的人是不加伤害的，请您赐我一条生路。"

黑天说："迦梨耶，你全家都迁到大海里去住，你和你的后代再也不要在这里出现。你走之后，这里的水会变得纯净。在去大海的路上，我的坐骑金翅鸟迦楼那看见我留在你头上的脚印，就不会找你的麻烦了。"

迦梨耶表示照办，黑天就游回了岸上。

黑天和大力罗摩成为全体牧民心目中的明星，他们自由自在地在林中放牧，悠闲地吹着笛子，牛增山的一草一木都沉浸在悠扬的笛声中。但是刚沙是不会放弃自己的行动的，他相信周密的计划会改变命运。这次，他又派一个叫波罗兰钵的恶魔去杀死黑天。波罗兰钵力大无穷，还善于变化。波罗兰钵乔装成一个牧童，混进正在做游戏的孩子们中。在和大家打闹的过程中，波罗兰钵确信杀死黑天绝非易事，他想先从大力罗摩下手。在一个游戏里，乔装的波罗兰钵背着大力罗摩跑向指定地

点时，他现出狰狞的面目，把身躯变得像山峰一样高大，脚步沉重得使大地都塌陷了。孩子们吓坏了，大力罗摩扭头问黑天怎么办。

黑天笑着答道："我们俩没有什么区别。我们同是为了人间的安宁而降生。我们实为一体。它一分为二而共同支撑着一世界。你怎么忘记了你的毗湿奴原形了呢？你就朝着它的头狠狠地打！"

132

黑天的一席话使大力罗摩忆起了自己本来的身份。他的体内顿时聚集了无穷的力量。他用尽全力朝波罗兰钵头上猛然一击，随着他的手落，波罗兰钵顷刻间便脑浆崩裂，其身体也随之像山岩滑坡一样地轰然坍塌在地。大力罗摩跳下身来，随后又补上了一脚，波罗兰钵便命赴黄泉了。

在场的孩子们目睹了这一切，个个惊讶得目瞪口呆。然而他们终究无法洞悉其中的奥秘。黑天和大力罗摩什么也没有和他们说就回家去了。

又平静地度过了雨季的两个月，这时，布拉吉人开始准备因陀罗神的祭典。为此，家家户户都忙得不亦乐手。一天，黑天向牧民们问道："你们这是在干什么呀？因陀罗祭典是什么意思，"布拉吉人告诉他，因陀罗是云彩和众神的主宰，我们祈祷他心情愉悦，以便多下及时雨滋润我们的庄稼，使我们能得到好的收成。我们的生活全靠因陀罗发慈悲，他是我们的主宰，是我们生活的希望，是我们最崇敬的神明。听了这些话，

黑天说道："我们的生活靠的是奶牛赐予的财富，高山、森林和奶牛才真正是我们应崇仰的神。高山是我们的边界，是在这块土地上栖息的百鸟保护了我们的庄稼，是奶牛使我们不至挨饿，是森林养育了我们的奶牛，山中之王牛增山则是我们最伟大的保护者。我们应该膜拜山中之王。这次我们最好用山祭宋代替因陀罗祭典。"

黑天的话语打动了牧民，他们高兴地采纳了他的建议，这样，多年沿袭下来的因陀罗祭典被山祭代替了。黑天指导大家兴高采烈地做着山祭的准备工作。陶罐中装上了各类奶制品，用牛奶制成的食品琳琅满目。用酸奶仿制的湖泊洁白如玉，用酥油仿制的水井深不见底，用食品堆积的山峰高耸入云，就连小牛犊也在肆意撒欢，四周不时地传来公牛和母牛悦耳的叫声……整个牧民居住区被装点一新，那种繁华和壮丽的景象使人感到自己如同置身于天堂之中。

祈祷场地旁设有祭火场地。在铺沙的场地，摆有各种奇异的芳香物、供品和花环。确认了吉日良辰之后，山祭就开始了，几位德高望重的婆罗门主持了祝福的仪式，接着，向众山之王牛增山供奉了甜食和其他祭品。所有人向众山之王致敬，祈求它的保护以及给他们带来繁荣幸福。众山之王应允了牧民的要求。随后，在这里举办了一次朝圣活动。到处张灯结彩，山上山下五彩缤纷，人们用各种方式抒发自己心中的愉悦，孩子们则在远离大人的地方另辟有自己的天地。成群的牛撒欢地

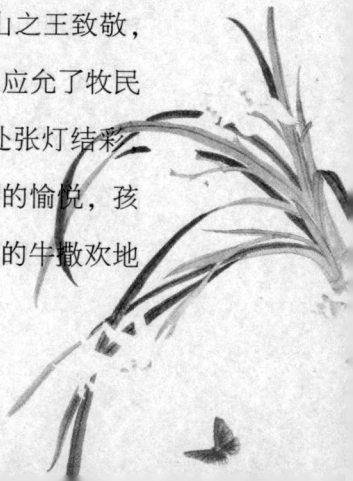

奔跑着，牛增山有生以来还从未享受过如此殊荣，它被深深地陶醉了。

庙会整整进行了一天。纷繁的仪式随着各具特色的乐曲令人陶醉。随后，人们争先恐后地争食献给众山之王的祭品，个个吃得心满意足。最后，所有与会者集体围绕牛增山转一周。当夜幕降临的时候，参加庙会的男女老幼载歌载舞地返回了自己的家。牛增山沉浸在被人们崇敬的幸福之中，它深知这一切成功都归功于黑天，所以它从心底里感激黑天，并一再向黑天表达自己的敬由于大神因陀罗见到黑天阻止了祭祀自己，转让人们去祭祀牛增山，心中十分不悦，继而他又见到山祭进行得远比对自己的祭典隆重，故此，对黑天怀恨在心。因陀罗招来亲信，令人可怖的乌云，以及一个比一个狰狞的雷霆和闪电。他对他们说道："牧民们年年都给我献祭，我也经常降甘霖，增加他们的收入，现在黑天，蛊惑牧民让他们改祭牛增山，这简直是我的奇耻大辱，我一定要惩罚他们。"

听了因陀罗的这番话，众乌云个个跃跃欲试。因陀罗当即命众亲信："我要兴起狂风暴雨和电闪雷鸣，雨淹沃伦达森林，让布拉吉人倾家荡产。"

众乌云及雷霆闪电接令后，便向沃伦达森林方向进发了。此刻的沃伦达森林，生活像往日一样的恬静和安宁，一切都沐浴在金色的阳光里。但是陡然间狂风骤起，牧民四散躲避。狂风过后，黑压压的云层铺天盖地地滚滚而来，顿时使晴空变得

漆黑一片，然后令人惊心动魄的电闪雷鸣随之而来，婴儿被吓得不停地啼哭，牧民也都乱成一团，家畜、禽兽纷纷各显神通四散逃命。在这一片雷鸣声中，乌云疯狂地倾泻着如同象鼻、竹筒一般粗的水柱。整个沃伦达森林都浸泡在大水里。眼看大地上的水面在不断地上涨，很快就没过了房屋。湖水暴涨，河流泛滥成灾，大树被冲倒……沃伦达森林一片哀鸣。

这时，大神黑天对大力罗摩说："我先去牛增山，你去召唤乡亲们带着耕牛、车辆、财物也立即赶到那儿去。"说完，他便冒着滂沱暴雨奔牛增山。牛增山见到黑天，便向他深施一礼。黑天用力撼动大山。然后仅用右手食指就擎起了大山。牛增山按着大神黑天的旨意，将自身范围扩大了几十倍，并使尽全身解数在自身营造了上千个山洞。

在另外一方，大力罗摩照黑天的吩咐率领全体牧民牵着乳牛，大车上载着急需物品冒雨赶往牛增山。在暴雨中跌跌撞撞行走着的人们都认为，这次由于没有祭祀大神因陀罗，惹恼了他，他才大施淫威。

众人赶到牛增山，对面前的景象无不感到惊诧。只见山的高度增加了许多，山下有很多空余的地方。山上有上千个山洞。为了躲避雷鸣，妇女们带着孩子钻进了山洞。牛车都停放在山坡的空地。沃伦达森林的全体居民都在这里找到了栖息之地。大水在继续上涨，整个森林终于被淹没。水中现在只剩下了牛增山，它就仿佛是大海中的一座孤岛，四周一片汪洋。

众鸟云匆忙从大海把水带到这里倾泻，忙得筋疲力尽。当它们再次来到大海取水时，大海开口说："你们这是疯啦！就算你们把我淘干，全都倒在那里也是白搭。因为我的祖父、住在海边的大神毗湿奴的化身正呆在那里。"

听了这话，众鸟云返回去禀报因陀罗。因陀罗听了大为震惊。那时暴雨已连降七天，而成效甚微。于是，他收回了自己先前的命令，亲自去查看。

沃伦达森林的乌云随即开始飘散，连续一周的暴雨之后，人们重新见到了太阳。此时，人们心中的喜悦之情溢于言表。人们从牛增山的庇护下走出来，纷纷返回自己的住地，致力于重建家园的工作，生活逐渐地恢复了生机。大神黑天把手擎的牛增山重新放回了原处。牧民们对牛增山更增添了几分虔敬，因为人们对它的祈祷产生了立竿见影的效果，它在因陀罗的淫威下保护了众人。事实证明，黑天教他们进行山祭是完全正确的。

人们恢复了幸福生活，生活又充满了往日的欢乐气氛。难陀对黑天和大力罗摩的机敏从心里感到自豪。

为了一睹黑天的风采，大神因陀罗怀着强烈的兴趣骑上自己的坐骑大白象出发了。当他来到沃伦达森林时，看见穿着牧童服装的黑天独自坐在僻静处。黑天那一副机敏的牧童相，使因陀罗不由得心中大喜，他以自己的神力洞察出在巨石上的这个人就是大神毗湿奴，继而对其怀有深深的敬意。于是，戴着

野花花环，颈戴项链的因陀罗出现在黑天的面前。他向黑天深鞠了一躬，说道："啊，伟大的大神，我不知底细，希望你宽恕我的罪过。你对自己的信徒的保护特别值得称道。黑天，我正好带有装满圣水的罐子，让我来为你加冕，我是众神之主，从今天起我尊奉你为众牛之主。请接受这一称号吧！"说完这一席话，因陀罗用罐中的天河圣水为黑天举行了加冕礼，尊奉黑天为众牛之主"戈温德"。这时，顿时从天空中传来众天神的一片喝彩，同时降下一阵花雨。地上的林木喜不自禁地摇摆身躯，苗木则欢乐地竞相萌发。

众神之主因陀罗继续说："我现在回忆起了那次与大梵天的谈话。你已经下凡投胎，恕我不知此事。你要按大梵天的意旨尽快剪除刚沙、凯尸、阿克鲁尔和阿利施德。事成之后，你就牢牢地掌政吧。"接着，因陀罗向黑天恳求说："黑天，你的姑姑贡蒂生了一个名叫阿周那的儿子，他实为我的骨肉。你要与他交好，始终做他的助手和保护人，在你的协助下他将成就大业。他将是波罗多大地上绝无仅有的神箭手。黑天，请你像对待我一样对待阿周那。"

听完因陀罗这番话，黑天高兴地答道："因陀罗，你所说的，我一定尽力照办。我姑姑是般度之妻，但阿周那的出生与你有关，这件事我是知道的。此时，坚战与正义之神达摩、怖军与风神伐由那、无种和偕天与黎明之神双马童都密切相关。贡蒂的私生子迦尔纳现已成为车夫之子。般度困于诅咒，不得

不放弃权力出走。持国之子难敌一伙是极端好战的。所以，你回去之后，尽管干你那管理诸神的事务好了。只要我在人间呆一天，阿周那就不会受到任何伤害，般度五子也将在战斗中安然无恙。在摩诃波罗多大战结束之后，我将把一个体态健全的阿周那交还给贡蒂。我将会像一位侍者一样去满足阿周那的任何愿望。你就放心好了。"

听了黑天这娓娓动听的话语，因陀罗心花怒放，他当即便返回了自己的天宫。大神黑天随后也从岩石站起身来，加入到了其他牧童的行列之中。看到黑天那副模样，谁都不会想到，他竟会是大神毗湿奴的化身。

四、屡诛恶魔

一天的黄昏时分，黑天正在与其他牧童戏闹。一个面目可憎的恶魔突然出现在眼前，它长得酷似一头凶恶的公牛。全身黑得像烧过的黑锅底，它的两只角极其犀利，两眼放射着耀眼的寒光，四蹄锋利如刀，双肩高耸，尾巴傲然地高高翘起。此刻，它已掀倒了数家的窝棚，浑身沾满了牛粪。它一来就用它那犀利的角顶伤了数头乳牛的牛犊。牛群乱哄哄地向黑天的方向没命地跑来。

黑天见状便用手猛烈地拍击引起它的注意，那怪物本来就是刚沙派来杀害黑天的，见到黑天击掌正对它的心意，它未敢大意，瞄准黑天便开始猛冲，妄图用迅雷不及掩耳之势突袭黑

天的腹部。黑天早有提防，他一把便牢牢地抓住了怪物的头部。黑天的发力使得鲜血从怪物的鼻孔和口中直往外涌。而它也拼全力妄图逼使黑天后退摔倒，然而黑天站得稳如泰山。所有牧童都围拢过来观看这突如其来的景观，面前就仿佛是两座大山在相互撞击着。

那头可怕的公牛翘起尾巴，企图把黑天向后顶。黑天猛然间一用力便用脚把它的两角踏到了地上，然后就势拔了其左角，用角划破了怪物的肚皮。随着一声可怕的惨叫，那怪物便立时栽倒在地，四蹄抽搐了一阵便断了气。

看到恶魔毙命，在场的人无不欢呼雀跃、手舞足蹈。黑天则面带微笑地回到了人群中。

这时，只见难陀气喘吁吁地跑来。早有人给他报信说黑天被一头公牛给踩倒了。当他看到地上倒的公牛和正在憨笑的黑天时，不禁笑着骂道："臭小子，你这是搞的什么鬼名堂！""回家去！调皮鬼！"难陀一边骂一边揪着黑天的耳朵把他拉回了家。

黑天让难陀伤透了脑筋。他总是在不停地调皮捣蛋，不时地捅出点什么漏子来。一会儿打了龙王，一会儿又杀了公牛，转眼又把山给拔了起来。他怎么就这么调皮呢？

刚沙终日忧心，呻吟，以至于夜不成寐。夜里，当科拉的居民全都进入梦境的时候，刚沙把他的父亲、兄弟、萨迭迦、达鲁迦、威塔兰、波劫和维刚德卢，叫到了他的身旁。同时，

他还派人去请来了维什奴、阿迦鲁尔、伽利达沃尔玛和广声。刚沙对众人说："诸位都是精明强干、严格按照传统道德办事的人，都做到了恪尽职守，真诚谦虚地帮助过我。我今天之所以活得如此体面、气派，都呈受惠于诸位的帮助。然而，尽管你们近在咫尺，我的仇敌却再三向我扬威。今天，他已对我的生命构成威胁，在这种形势下，你们怎么还能漠然处之呢？"

听了刚沙的话，大家都感到迷惑不解。广声说道："难道还有敢于和你做对的人活在世上吗？听了你的话，我们感到吃惊。就请你把话挑明了吧，也好让我们了解你的真实意图。"

广声说完，刚沙笑着回答说："说说也好。好多事以前我没有对你们讲过。现在我全都告诉你们。我的仇人是难陀的儿子。他正像大海一样日益扩展浸漫过来，正威胁着我和我的家族的安全。由于我的坐探的疏忽，让富天把他的儿子转移到难陀那里。那罗陀大仙曾到我这儿来过，他向我透露说，众神不愿看到我的影响不断扩大，便制定了一个除掉我的计划——让提波吉的第八胎生子结束我的性命。众位，这第八胎生子看来就是黑天。他就是富天用刁钻的手段转移到难陀的身边去的。他正对我和凯尸构成直接的威胁。那个放牛的小子正决意和我拼命。他肯定是那个我命中的克星。只不过穿了张人皮变成了牧童。正如火神陶耆尼常栖身火葬场，黑天也定是某个神藏身其中专为结果我而来的。"

听了刚沙的话，在场的人个个都露出了恍惚的神情，他们不知刚沙所云，也不解刚沙话中的含义。

刚沙凝视着大伙沉默了一会儿，又接着说道："在，康达沃森林，我又见了那罗陀大仙的一面，他向我揭示了事情的全部秘密。我曾决意尽诛提波吉的全部孩子。那罗陀全都告诉了我，富天是如何使我的企图落空的。我摔的那个女孩是耶雪达所生，黑天才是富天真正的儿子，那个和黑天一起的大力罗摩也是富天的儿子。富天吃着我的、喝着我的，可却在掘着我的坟墓。嘿，阿迦鲁尔，你去牧民那儿，让难陀他们带上该交的租税到马图拉宋一趟，让难陀务必把两个儿子也带来。我想见见他们。"

刚沙继续说："你和他说，我想见见我堂妹的儿子，听说孩子们擅长摔跤，要和他们比试比试。同时还告诉他，我要举行神弓祭，让他们务必也参加。阿迦鲁尔，你尽快把难陀的两个儿子给我带来。"

在场的人迷惑不解地听刚沙讲着。刚沙表现出从未有过的焦躁。他又继续说道："他们的到来会使我感到非常愉快。但是如果他们抗命不来，那么我就要对他们两个不客气了。所以，你一定要用好话把他们哄来。阿迦鲁尔，你要不是黑天的同伙，那肯定会完成这项任务。"

在场的富天也听到了刚沙的这番言辞激烈的讲话，他保持着沉默。其他人都觉得刚沙在大放厥词，简直是疯了，人们坐在那里低头不语，可心里却在责备他。

　　具有超凡眼力的阿迦鲁尔展望未来喜不自禁。他正希望能单独会见大神黑天，正急切地想到布拉吉人那里去呢！

　　阿迦鲁尔走后，刚沙又命令大力士凯尸，让他到沃伦达森林去折磨那里的牧民，并把黑天和大力罗摩杀死。接受了主子之命，恶魔凯尸就出发了。到了沃伦达森林，他立即开始刁难牧民们。它毁坏了森林，迫使牧民牵着牛离开了那里。他露出了他那狰狞可怖的面孔，吓得妇女们拖儿带女哭喊着逃到黑天那里求助。接着，男人们也都惊叹着尾随而来。他们向黑天描述说，一个魔鬼如何凶狠地扑过来，想吃掉他们。黑天使他们情绪平静下来，然后便迎着魔鬼走去。

　　趾高气扬的恶魔凯尸以他那可怖的形象出现在黑天面前。它一见到黑天，便迅即向他扑去。

　　黑天对此早有提防。大力士凯尸误以为只须稍微一击便可将黑天像凡人一样轻易地送去见阎王。他猛冲到黑天面前，抬起脚便向黑天胸口踢去。紧接着他又左右开弓，步步紧逼，看准机会就用他那利齿咬黑天的手，往上升腾的怒火使他力气倍增，他恨不能把黑天咬成碎片。

　　凯尸的正常模样便足以使人吓得半死，此时此刻他那狰狞面孔自不待言。看到他向黑天进攻的那种摧枯拉朽般的架势，便没人会想到黑天还能招架得了。

　　说时迟，那时快，黑天把整个手伸进了魔鬼那血盆大口中，魔鬼非但没能咬动黑天的手，自己的嘴反而被黑天用手扯

开了。原来黑天运用法力已经使手变成铁爪。接着，凯尸的眼珠子也骨碌碌地滚到了地上。他的反应也变得迟钝了，浑身浸出冷汗满嘴冒血，不多时，便栽倒在地上。他倒地的同时，发出一声惊天动地的轰响，就仿佛是山倒塌了一样。

眼看着凯尸就这样倒了下去，为此，人们欣喜若狂。人们的恐惧早已一扫而光。再看黑天，脸上挂着一丝微笑。人们看到黑天迄今为止做的惊人之举，都确信难陀的这个儿子是力大无穷的。再加上还有与其力气不相上下的大力罗摩，有他俩在，任何人都欺侮不了他们，再大的灾难也能平安度过。从此，人们做事比先前腰板更硬了。黑天和大力罗摩赢得了所有布拉吉人的尊敬。

过了一些时间，阿迦鲁尔来到了布拉吉人这里。他一到，就立即打听有关大力罗摩、黑天和难陀的消息。随后，他两眼噙满泪水，怀着极其虔敬的，心情来到了难陀的家。

阿迦鲁尔一踏进难陀的院子，目光立即落到了黑天的身上。他正站在一群牛犊中间。他有着雄狮般的体魄，浓云般的肤色，匀称的身躯，胸部有形如椰子的印记，头顶风尾冠，耳戴耳环……

这时，大力罗摩和黑天也都走进屋，坐到了阿迦鲁尔跟前。能见到大力罗摩，阿迦鲁尔觉得这也是他的福分。

阿迦鲁尔开口道："明天，咱们大家一起去马图拉。在那里一定会过得很愉快。国王刚沙命令全体牧民带上礼物和地租

跟我们一道去。在那里将庆祝祭弓节，借这个机会所有亲戚朋友聚会一下。现在富天日子过得非常痛苦，刚沙一直在折磨他。近来他显得更加骨瘦如柴。他特别想见你们。提波吉也总是在念叨你们。"

听了阿迦鲁尔的话，黑天当即接受了他的建议。大家决定带着礼物和地租去马图拉，并把这事通知所有牧民。人们立即着手准备要带的牛奶、酸奶、酥油等礼品和一年一度要上交的地租。

大力罗摩、黑天和阿迦鲁尔谈了整整一个通宵。大神黑天平易近人的举止使阿迦鲁尔感到十分惊讶。

清晨，月光逐渐暗淡下来。朝霞映红了天际，群星悄然消失在天空中。清风徐徐地吹着，鸟儿放开了它们动听的歌喉。乌鸦在空中大模大样地飞着，家家户户传出了搅拌酸奶发出的声响。不久，人们便将各具特色的礼物装上了牛车，其中有满装酥油、牛奶、酸奶的大陶罐、各类油炸食品和珍贵的服装、首饰。一切准备就绪，人们便登上了前往马图拉的路程。

布拉吉人的这一长蛇阵极为壮观。一路上，人们唱着风格各异，种类繁多的歌曲，开心地娱乐着。牛身上系着铜铃不断传出悦耳的声音，牛车行进中发出的有节奏的声响，仿佛是在为人们的歌唱打着拍子。人们心情舒畅、喜气洋洋。阿迦鲁尔、难陀、大力罗摩和黑天同乘一辆车。他们个个容光焕发，光彩照人。

阿迦鲁尔把如同太阳般光彩照人的两个孩子带回了自己家。他没让他们去见富天，因为富天现在被刚沙的罪恶行径折磨得终日痛苦不堪。两个孩子提出来要去看马图拉的市容。阿迦鲁尔同意了。于是，两个孩子便上了街。

弟兄俩来到一座大花园，在那里遇到了一名花匠，他正在用鲜花为国王制作美丽的花环。黑天向他讨要花环，他欣然表示同意，立即给了弟兄俩一人一个。黑天祝福他永远生活富足。看到两人的华丽穿着，花匠认为他们肯定是天神下凡，于是他恭敬地向他们施了触足礼。

弟兄俩继续行走在马图拉的主要大道上。途中，他们遇到一个女人。她面目异常清秀，只可惜是个驼背。此刻她正手捧芳香四溢的檀香涂膏迎面走来，见到黑天兄弟俩，两人的潇洒英俊使得她忽然变得踯躅不前，两兄弟看见她，也同样停下步来。

黑天向她问道："你手中的檀香膏是为谁准备的呢？"

罗锅女面带着微笑回答说："我去送给一个人。但是，要是你们需要，我就送给你们。我非常喜欢你们两'人，这么香的檀香膏，在马图拉除了我，没有第二个人能做得出来，你们喜欢不喜欢？"

罗锅女道出自己的心声。她被黑天和大力罗摩给迷住了，她用迷恋的目光望着两人。

黑天说："喜欢。给我们一点儿吧。" "你们想用多少就

拿多少吧，我打心眼儿喜欢你们。你们还没自我介绍一下呢！告诉我，你们都叫什么名字。从哪儿来?"

黑天笑道："我们是摔跤手，我们想亲眼目睹刚沙王都的壮观和见识刚沙王的弓祭。"

听到黑天满口马图拉口音，罗锅女显得更加喜不自禁。她心甘情愿地把檀香膏全都放在弟兄俩的面前，任凭弟兄俩随心所欲地往身上涂抹着，本来这檀香膏是罗锅女给刚沙王准备的。

黑天也被她的真诚所打动，他把罗锅女拉向自己的身边，只见谙熟人体机理的黑天用两个手指朝她的驼背处一按，她的罗锅便倏然全消，罗锅女霎时变成了一个窈窕淑女。这时，黑天放开了罗锅女。亲历了这一奇迹，罗锅女的心便完全被黑天所占据了。她脱口说道：

"啊，我的主人，请你收下我吧! 若是离开你，让我到哪儿去呢?"

两兄弟鼓掌对她表示祝贺。罗锅女的脸上绽开了笑靥。随后，两兄弟与她分手，继续向刚沙王的王宫方向走去。弟兄俩的穿着格外引人注目。两人到刚沙的祭祀大殿观看为祭典的弓。他们向看门人打听道："喂，看门人! 刚沙特意举行祭典的那张弓是哪一个? 让我们看看好吗?" 看门人把他们完全看作是毛孩子，面对孩子们的好奇心，他好心地向他们展示了那张祭典上用的弓。那张弓的弓背如同立柱一般地粗大。

　　两兄弟向那把巨弓走去。看着这两个孩子，人们自然会认为他们甚至连摆动那把弓都会困难。这把巨大而沉重的弓，宛如一条巨蛇，它相当的神奇——连因陀罗等大神都无力拉满它的弓弦。现在，大神黑天已经走到了它的跟前，他未费吹灰之力就拿起弓并绷紧了弓弦，接着便开始连续拨动弓弦。随着他那略微加力的一拨，只听得一声可怕的巨响，弓便被折断了。这声响直震得天旋地动，震波传及四面八方，使光辉的太阳都骤然变得暗淡无光，使刚沙王的王宫不停地颤抖，使看门人吓得晕倒在地。弓被折断，连黑天自己也吓得大惊失色。他此刻的心态，就像某个调皮捣蛋的孩子突然闯下了大祸那样惴惴不安。黑天顺手把它扔在原地，便和大力罗摩溜出了祭祀殿堂，慌忙跑回难陀和其他牧民的身边。弟兄俩再没有和任何人提起这件事。

　　苏醒过来的看门人见到弓被折断，吓得魂不附体。看门人慌忙跑到刚沙王面前，神色慌乱地向刚沙王央求道："全知全能的国王啊，乞求您饶我一条性命，宽恕我的罪过。身穿蓝、黄色服装，身涂黄白色檀香的两个孩子曾经来过祭祀殿宜，他们特别想看到那张弓。大王，我让他们看了。没想到那个穿黄衣服的黑小子不但拉开了弓弦，而且还把弓给折断了。我吓得晕了过去。那两个小子早跑得无影无踪了。"

　　听了看门人的叙述，刚沙长时间缄口不语。随后，他默默地站起身来走进了内宫。

第二天清晨，来看热闹的人们充斥了摔跤场。用图案、彩柱、彩旗、拱形窗孔装点的主席台显得异常绚丽。工匠染制的无数彩旗装饰的角逐台远远望去就犹如一座高山。到处是一派喜气洋洋的景象。竞技场坐着身穿精美服装、佩戴钻石首饰的王后、王妃和出类拔萃的摔跤手，个个神采奕奕。四处摆放着酒、水和各类水果。用石板和木板搭好数百个看台。主席台的阁楼顶部还有特别为妇女开设的窗孔。刚沙王的看台最为壮观，台上无数旌旗迎风招展。摔跤场人头攒动，俨然是一片人头的海洋。

刚沙一面派大象古巴尔亚比尔去把守住角逐场的大门，一面登上看台。他身着白衣，头顶白色王冠，身后紧随着手执白色尘拂的侍者，使人看了感到仿佛是一轮皎月升上中天。刚沙王坐上宝座，下面众百姓立即高呼万岁。刚沙王则向众人频频招手表示祝福。接着，身着镶金服装的骁勇的摔跤手们从室内走出来步八角逐场。场上顿时鼓乐齐鸣，选手间开始互相击掌叫战。

这时，富天之子大力罗摩和黑天也兴冲冲地来到角逐场的大门前。他们正准备走进场地，赶象人便驱赶大象古巴尔亚尔比尔向他们冲来。他早已得到刚沙的密旨，根据密旨中的描述，他认出了这弟兄二人。

黑天见大象向自己冲来，便已明白它是为谋害他们而来的，便事先有了防备。咆哮着的大象犹如滚滚的云涛向黑天迎

面压来。黑天从容地击掌向它挑战。忽然，

他发出一声雄狮般的大吼，随后便扑向大象。只见他站到大象两条腿之间，捉住了象鼻，然后便以风卷残云之势用力摇晃起来。他时而揪住它的耳朵拼力撕扯，时而又以迅雷不及掩耳之势打击大象的脚。

那凶神恶煞般的大象在大神黑天猝不及防的打击下，饱尝难以名状的剧痛，不由得发出一声惨叫。此刻它已完全丧失进攻能力，不得不跪在地上，一种液体从它的脸上雨点般地滴落下来。黑天要了一阵大象之后，便一脚踩地，一脚踏着大象头部，双手一用力便拔出了象的两支硕大的象牙。接着，他用这两支象牙继续向大象发动进攻。大象已狼狈得大小便失禁，身上血流如注。大神黑天的身上早已被象血染红。这时，大力罗摩走上前来，像鸟王迦楼那拖大蛇那样揪着象的尾巴把它拖到场外。就这样，黑天用象自身的牙齿结果了它。随后，他仅用了一拳便把赶象人送到了阴间。

接着，黑天和大力罗摩两人一道拆毁了拱形大门，并使护卫大象的其余卫士尽数毙命。至此，他们终于闯进了角逐场。

他们挑战的呐喊和击掌声吸引了所有人的注意。人们情不自禁地为两个英俊少年的力量和镇定欢呼。刚沙一见到两个孩子出现在角逐场，一种恐惧感立即从他的心中腾起，加上看他们对在场群众的吸引力，他就更感到末日已经来临，产生一种难以名状的悲凉。

进入角逐场的两个孩子，身上沾满了大象的鲜血和体液，他们手中舞动着象牙，他们的衣衫在阵风中飘摆，他们像雄狮般地怒吼着，像疾风一样迅猛和飘忽不定，甚至连大地也在他们的脚下颤抖。

刚沙王的脸色阴沉可怖，他怒气冲冲地凝视着黑天。此刻，手持洁白象牙的黑天酷似一座险峻的山峰掩映着半个皓月。在一片嘈杂声中，刚沙王宣布圣旨：命着黄衣者与力士恰努尔，着蓝衣者与力士弁尸迪迦较量。恰努尔和弁尸迪迦是刚沙王麾下的两名力大无比的猛士。让两个孩子与强大的摔跤手比赛，这一命令使群众困惑不解。刚沙王怎么会做出这种决定？那一边，为了杀死黑天，刚沙王叮嘱恰努尔，让他与黑天格斗时要格外谨慎小心。

刚沙王还宣布说：此次会与历次会一样，严守只凭臂力和技巧而不用任何兵器较量的规定。摔跤过程中，场上备有水和可以增加皮肤涩度的干牛粪末。组织摔跤和裁判的原则是：坐对坐者、站对站者，孩子对孩子，弱者对弱者，年长者对年长者。展示力量和技术是今天比赛的宗旨。对摔跤中已倒地的失败者，不再进行攻击。

牧民们一向为身边有黑天和大力罗摩而自豪。他们不愧是牧民勇敢的后代。但刚沙安排的角逐对象违反了对等的原则，这使他们感到愤愤不平。不少牧民声称：恰努尔是个虎背熊腰的摔跤手，而黑天还是个孩子。让黑天和他竞争是不公平的，应该重新考虑。牧民们的动议在会场上引起了一阵骚动。这时，黑天却跃跃欲试地高声叫道："我确实年纪还小，恰努尔也确实体；比如牛，但我还是愿意遵照刚沙王的意旨与恰努尔抗争。我将遵守一切规矩，遵守仅仅用臂力相对抗的规定。"

听了黑天的保证，全场人立即欢呼起来。然而牧民们都在为黑天捏着一把汗：黑天能够战胜那个庞然大物吗？

说时迟，那时快，黑天和恰努尔的较量已经开始了。两人的较量势均力敌——恰似两头凶猛的大象在格斗。两人格斗技巧之高超令人叹服。你来我往，忽而这个倒地，忽而那个进拳，忽而互相胸对着胸，忽而一方又钻入另一方的裆下。有时不知谁突然发出一声呐喊，有时两人扭打在一起，有时一方又把对方摔出去老远。在这次摔跤较量中，虽然双方都没有用任何武器，但双方的手臂在交手时发出的巨大声响，使人感到犹如雷鸣一样。

在两人摔跤过程中，在场的观众不时站起身来。人们欠起脚，不停地为双方的高超技艺喝彩。

刚沙突然命令停止鸣锣击鼓。这意味着让角逐者准备休战。然而，空中却立即响起了众天神奏起的鼓乐。原来众天神自愿显形前来给黑天打气助威。这时，北斗七仙提醒大神黑天，现在该是让化身为摔跤手的恶魔恰努尔去见阎王的时候了。于是，像孩子嬉戏一样耍闹了很长时间的黑天这才拿出了真本事。他转眼便让恰努尔变得瘫软无力。与此同时，大地开

始颤动，摔跤场上垒起的数百座看台也剧烈地摇晃起来。刚沙王王冠上的一颗宝石竟陡然堕落地上。

只见黑天用手臂迫使恰努尔弯下身来，继而把他按倒在自己的双膝之间，接着，照着其头部就是结结实实的一击，他便像一座小山一样瘫倒在地，并且再也没能起身来。

场上的牧民群中顿时爆发出一阵发自内心的欢呼。接着，黑天又和窦沙尔较量起来。转瞬间，黑天就捉住了这个巨人摔跤手的双脚，接着把他飞速地抡了起来。在抡转了上百圈之后，黑天把他重重地抛到了地上。窦沙尔也很快死去。

在另一边，大力罗摩正在和车尸迪迦角逐。两个摔跤手都表现出了力图压倒对方的极大的激情。他们不时地击掌，改换着招式。只见大力罗摩照准对方头部猛地一拳打去，牟尸迪迦的头顷刻便垂向一旁，接着便扑通一声栽倒在地。

看到恰努尔、窦沙尔和牟尸迪迦陆续死在黑天和大力罗摩手中，在场的牧民们感到情况不妙。

三个巨人般的摔跤手的惨死，使角逐场充满了恐怖的气氛。这类情况从来都没有发生过。其余摔跤手看到大力罗摩和黑天那可怕的形象都纷纷逃之夭夭。

目睹两个儿子的强悍，富天的眼里噙满了泪水。这使他不由地回忆起了自己的童年时代。

从啼望孔观看比赛的妇女们为黑天和大力罗摩的英雄行为所倾倒。两个孩子是那样仪表堂堂，又是那样英武、剽悍。她

们目不转睛地凝视着他们，不愿放过这一大饱眼福的机会。

这时，刚沙王的目光落到了黑天的身上。当两个人的目光相遇时，刚沙顿时怒火中烧，大汗淋漓，两眼进发愤怒的火花，甚至连嘴唇都在不停地发抖。最后，他终于咆哮着命令他那些高大、强悍的侍从把两个牧童赶出场地去。同的他还宣布，今后他再也不愿看到任何一个牧人的脸。他的国内将不允许任何牧人存在。

接着他又命令："把那个居心叵测的难陀给我抓起来！按我的吩咐来惩罚他。牧民的牛和首饰财宝一律强行没收！"

在刚沙下命令的时候，黑天扭转头来一直在看着他。听了刚沙宣布的命令，牧民们害怕极了。难陀和富天的脸上都神色黯然。提波吉害十自得大哭起来。看到这一切，黑天胸中的怒火在燃烧，他已经迫不及待地要教训刚沙了。转眼间他便以旋风的速度跳到了刚沙的跟前。

开始时，牧民们并没有注意到黑天向刚沙走去，当他们发现黑天突然出现在刚沙身边时，都惊呆了。

看到黑天的倏然降临，刚沙吓得面如土色。还没等他镇定下来，大神黑天早已一把揪住了他的头发，他的王冠骨碌碌地落到了地上。刚沙未作任何反抗，他喘着粗气，面色如同死人一般。他的两只大耳环早已掉落，在颈上的花环已经断开，其他首饰全都散落到了地上。他的两臂无力地垂向地面。此时，他甚至连看一眼黑天的勇气都没有了。

153

只见黑天用披肩套住了刚沙的脖子，然后，用手拖着他走。刚沙的身子被拖在地上，地上被划出了一道深深的沟。至此，刚沙终于丧命于黑天手中。

爱茜丝戏谑拉神

世界之初始，是一片茫茫瀛海，叫做"努恩"。他后来生下了太阳神拉。太阳神起初是一个发光的蛋，浮在水面上。

但是太阳神拉比生他的努恩神威力大得多，太阳神拉是宇宙万物之主宰，他创造了天地，创造了人类，创造了一切生灵，创造了众神祇，他首先创造出的二神是风神舒和他的妻子苔芙努特。苔芙努特是一位狮头女神，她送雨下来，因此被称为雨神。接着生下地神盖驳和苍穹之神努特。后来又生下奥西里斯和他的妻子爱茜丝，还生出塞特和他的妻子奈弗提丝，共四对儿女。

拉神只要随心所欲地说出他心中的愿望来，他所提及的东西立刻就会出现在他眼前。

拉神变幻莫测，面目各异，以适应各种不同情况之需要。

拉神因此被人们赋予众多的名字，但拉神的确有其真实名字，但他的名字是秘密的，就连众神祇也不知晓，因为谁能知道他的真实名字，谁就可以从拉神那儿取得神奇的威力。

女神爱茜丝，漂亮迷人，并且她口齿伶俐，说起话来娓娓动听，令人心悦诚服。此外，爱茜丝还是一位神奇的魔法师，她能施展咒术，魔力无穷。不幸的是，她对人类变得日益反感和讨厌起来。她往昔对人类的同情、仁慈和怜悯已丧失殆尽，她非常羡慕拉神的伟大，她绞尽脑汁想从拉神——宇宙之主宰那儿篡取点儿威力，然后主宰天地。若达此目的，办法只有一个，那就是得知拉神的真实名字。但怎样才能得知拉神的真实名字呢？

每天，太阳神拉都在众神的陪同守护下乘太阳舟来到天国视察，然后再到地上，因为他既是天空之王，也是大地之王，他创造了两个地平线。

这时的拉神早已暮年而至，衰老不堪，行动起来也异常迟缓，当他在地上行走时，就一个劲儿地流口水。

有一天，当拉神如期而至来地上视察情况时，女神爱茜丝悄悄地跟在拉神身后。

拉神又开始流口水了，爱茜丝于是把带有拉神口水的泥土挖起来，然后把它做成一条毒蛇的形状，继而将它放置于拉神每天必经之地的十字路口。毒蛇这时还没有生命，一旦爱茜丝对其施咒语，它马上就可以复活，勇猛无比。爱茜丝所造的这

条蛇是任何神祇和凡人都看不见的。

一步，两步……拉神缓缓前行，眼看拉神就要触上毒蛇了，爱茜丝此时立刻施其咒语，毒蛇顷刻间就复活了。"嗖"的一下，毒蛇恶狠狠地咬噬了拉神一口。顿时，天宇中传来一声尖厉而凄惨的号叫，这叫声如同晴天霹雳般划破静谧的天空。

拉神的侍从们一个个都惊呆了，面面相觑。当他们看到拉神如此痛苦的样子，他们疑惑而不解地问道："陛下，您怎么了？"

本已风烛残年的拉神，毒蛇的陡然袭击，对他来讲，无异于雪上加霜，他费劲儿地吧嗒了几下舌头，嘴唇翕动了半天，也没能吐出半句话来，他感到一阵锥心般的剧痛袭击了他的全身上下，就像咆哮的尼罗河洪水顷刻袭击了埃及大地一样。拉神倒在地上，四肢痉挛，浑身战栗。他眼前一片昏暗，往昔叱咤风云、威力无穷的风采已一去不复返了。

很长时间，拉神精神恍惚，不省人事。因此，他无法告诉侍从们到底发生了什么事。

过了好久，拉神渐渐有点好转，他积攒了浑身的力气断断续续地告诉他身边的侍从，"过来！我——告诉——你们——发生了——什么事……。"当他的侍从们都到齐，拉神又有气无力地呻吟道："一个可怕的东西伤害了我，虽然我的眼睛已经失明看不到它，但我的心却分明地感到了那个可怕的东西……不过，我可以确信这绝不是你们的所作所为……。"

"我告诉你们，"拉神接着说，"我从来没有感觉到如此疼痛过，我敢说，这是宇宙中最厉害的疼痛，再没有任何疼痛能超过它……"。

拉神神志不清，奄奄一息，他絮絮叨叨，一遍又一遍地告诉身边的侍从们，谁是怎样出生的，姓谁名谁，谁属哪个神族的，该神族中又有谁……后来他说自己的父亲曾给他起过名字，他的父亲呼唤完他的名字后就把他的名字隐匿到了他的身体里，这样任何人也无法对他施展魔法咒骂他，谋害他。接着，他又没完没了地重复起他的遭遇。

"有一天，我到我自己创造的天国中视察，忽然，不知是什么人或是什么东西袭击了我，我也猜不出那到底是什么。这东西虽然不是火，但我的心却火灼般疼痛；这东西虽然不是水，但是我却浑身发冷，四肢颤抖……你们听我讲，请把我亲爱的孩子们，尤其是那些精通妖术魔法的，给我招来。"

宇宙中所有的神祇、所有拉神的儿女们，纷纷从四面八方赶到父亲拉神身边。看到拉神憔悴不堪、奄奄一息的样子，众神们十分悲痛，默默哀悼即将死去的父亲。

其中，拉神的女儿爱茜丝也姗然而至父亲身旁，她假装什么事也不知道，问父亲道："亲爱的父王，请告诉我，您到底发生了什么事？是不是您自己亲手创造的某种动物袭击了您？父王，如果您愿意的话，我可以施以恰当的咒语为您驱邪，用法术来压服您的敌人，从而驱逐您体内的毒素，使父王恢复健

康。真的，我敢向您保证。"

于是，拉神把自己遭遇的来龙去脉，他怎样乘太阳舟来到大地上，他怎样被一个他没有看到的东西咬了一口，一五一十地都向爱茜丝讲了，然后拉神又继续说："这感觉十分奇怪，它既不像火也不像水，因为它比火更灼热，比水更冰冷，我浑身直冒汗，不停地颤抖抽搐……。"

爱茜丝听完，对拉神说："父王，请告诉我您的秘密名字，因为您的名字有法力，用这种法力才可以解除您的疼痛和苦楚。"

拉神一听问他的名字，他心里不由得猛地一惊，"噢！我的名字吗，我，我叫造世主，"他支吾道，"我创造了天和地，我创造了山脉，我使尼罗河水灌溉埃及的土地，我是宇宙之主宰，我创造了东西两个地平线，并且设置了众神在宇宙里生活。当我的眼睛睁开时，世界就有了光明；当我的眼睛闭合时，世界就一片黑暗。当我下达命令时，尼罗河水就泛滥。我创造了时间，并创立了节日，我创造了生命之火，让人类在地球上繁衍。至于我的名字吗？我在破晓时叫开普芮；白昼时叫拉；傍晚时叫阿图姆。"

拉神说完这些，他感到全身仍旧火灼般疼痛，因为他仍旧没有说出自己的真实名字。

"噢！尊敬的父王，听起来蛮不错嘛，但事实上，您仍旧没有告诉我您的真实名字。告诉我吧，父王，只有这样我才可

159

以驱除您体内的恶毒，只要您能说出您的名字，您就能活下来!"

拉神发现欺骗爱茜丝毫不奏效，接着浑身又是一阵接一阵的揪心般地疼痛。最后，他不得不妥协了，他悄悄告诉爱茜丝：

"亲爱的女儿，我答应借我的一只耳朵给你，这样我的名字就可以传入到你的身体里去，你要知道，所有别的神祇都不知道我的真实名字，我的名字是秘密的，这样我可以更安全地乘坐我的太阳舟，高枕无忧。一旦我的秘密名字传给你，你将来可以把我的名字告诉给你的儿子荷鲁斯，但在告诉他之前，必须让他承诺决不再把我的秘密名字告诉给任何其他神祇。"

爱茜丝听完，心里不禁一阵欢喜，她点了点头。

于是，拉神摘下一只耳朵送给爱茜丝，这样，爱茜丝立刻就得知了拉神的真实名字。

爱茜丝马上施了一个合适的咒符，祈祷数语，拉神体内的恶毒便一眨眼工夫烟消云散了。于是，拉神很快就重新恢复了健康。

爱茜丝也如愿以偿，从父王拉神那儿得到了巨大的权力，成为天地主宰。后来，爱茜丝又将父王的秘密名字告诉了自己的儿子荷鲁斯。于是，荷鲁斯变得日益强大起来，继而代替了拉神，成为埃及主神。拉神则安度晚年。

人类罹难

绚丽的朝霞渐渐退去，东方露出了鱼肚白。这时，光明的使者——拉神渐渐从昏睡中醒来，然后，他睁开眼睛，天已大亮了。拉神连忙从床上起身来到浴室，他每天都用清凉的水沐浴，安努比斯神朝他走来，往拉神身上泼洒纯洁的露珠；荷鲁斯神过来为拉神按摩；托特神弯下腰给拉神擦干身体。于是，拉神换上他那件金光闪闪的衣裳，开始准备出发了。

拉神在众神祇的陪同下浩浩荡荡地出发了。有的神走在前面为拉神开辟道路；有的神守候在拉神左右；有的神尾随其后，密切监视着周围的动静……

当队伍来到停泊在天河尽头的太阳舟时，拉神缓缓登上船，众神祇也都跟着他上了船。这是一条多么神奇的船啊，不用帆、不用桨，就能在天河中自由遨游，它的名字叫永恒

之舟。

当光彩夺目的太阳舟出现在天空时，地上的人类便欢呼起来，他们向光明的主宰——拉神顶礼膜拜。听这一片赞美声吧!

祝福你呀，

伟大的拉神!

因为你，我们才有了——

浩渺的上苍，

富饶的大地。

感谢你呀，

伟大的拉神!

因为你，我们才有了——

天堂的快乐，

人间的阳光。

拉神在人们的赞美声中及众神祇的陪同下继续旅行了。

晚霞映红了西方的天空。夕阳西下，夜幕开始渐渐

降临。拉神白天的旅行即将宣告结束。然后，在众神祇及夜女神的陪同下就要开始他夜间的旅行。他们要穿过 12 条支流的河谷，历经千难万险，最后再次迎来新的黎明，开始他们新的一天的旅行。

这样，日复一日，月复一月，年复一年……随着岁月的流逝，拉神暮年而至，年迈体衰终于侵入了拉神的躯体，他开始

老态龙钟起来。要知道，拉神浑身上下全是宝，他的骨头可做银子，他的血肉可做金子，就连他的头发也可用来做人们化妆用的孔雀石颜料。于是，地球上有人打算谋害拉神。

这消息不胫而走，最终传到了拉神的耳朵里。他急得如热锅上的蚂蚁，赶忙召集众神们商讨对策。

众神一个个迅速来到拉神面前，拉神向他们讲述了自己近来遇到的麻烦。最后，拉神向瀛海之神努恩询问道：

"敬爱的努恩，我本是您的儿子，因为我诞生于瀛海。现在，邪恶的人们正阴谋杀害我，但是，我倒不想彻底毁灭他们。您说，我该怎么办呢？我很想听听您的高见。"

"亲爱的拉神，"努恩说，"你想这宇宙中还有比你更伟大的吗？你创造了宇宙万物，你给人类带来了光明和温暖。你德高望重！因此，你就安心地坐你的宝座吧！别担心，你的眼睛——太阳会好好对付你那些阴谋者的！"

众神祇也都随声附和起来说："尊贵的拉神，派出您的眼睛去惩罚那些阴谋者吧，没有任何眼睛比您的更好。"

拉神接受了这一建议，遂派出自己的眼睛——太阳，以一个女神的身份，名曰哈托尔，赴往人间。

哈托尔本来温柔、善良、仁慈、可爱，但她不总是这个样子。有时候，她暴戾成性、残虐无度。她对拉神非常忠诚，欣然潜往人间去寻找那些邪恶的阴谋者为拉神报仇。

哈托尔很快就发现了谋反的人们。她挥舞起硕大锋利的屠

刀，顷刻间，一个个人头落地，鲜血如注，不一会儿，就横尸遍野、血流成河。拉神对哈托尔的行为极为满意，他向哈托尔表示祝贺，并赐给她一美妙封号"赛克麦特"，意即"勇猛者"。

然而不幸的是，哈托尔一发而不可收拾，她变得嗜血成性，杀人成癖起来。她滥杀无辜，荼毒生灵，淫威大施。

有一次，拉神乘太阳舟从天空俯视，他发现地上的大川小溪、大江大海全都血红一片，野蛮的哈托尔狂饮着人类的鲜血，她的双脚淹没在血泊之中……拉神惊恐地打了一个冷颤。因为拉神并不想就此毁灭人类，而只想给他们一个教训。他对自己亲手创造的人类充满了怜悯和同情。于是，拉神决定对哈托尔的滥杀无辜行为加以抑制。

"你们赶快给我找一个健步如飞的使者来！"拉神不耐烦地命令手下的众神祇。

众神祇急忙遵命找来一个行如飓风的使者，前来拜见拉神。

"你赶快到费勒岛去，到那儿采一种睡眠果回来。一定要快去快回，务必在明天天亮前把它们带回来！"

使者奉拉神之命，一阵风地出发了。转瞬间，他就来到了费勒岛，摘到了睡眠果。然后，他又一阵风似的带着许多睡眠果来到了拉神面前。这是一种多么罕见的果子呀！血红的颜色，散发出阵阵沁人心脾的芳香。它挤出的汁液猩红猩红的，

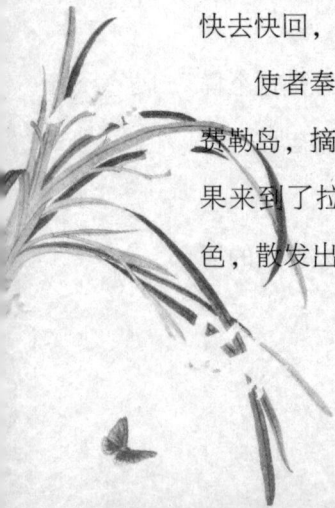

与人的血液简直毫无二致。

拉神马上命令孟斐斯城的僧侣把这些睡眠果带回去，并让当地的妇女们赶快酿造一大批优质啤酒。然后，将那些睡眠果汁液掺进啤酒里，就这样，啤酒的颜色变得如同人血一模一样了。拉神下令酿制了 7000 罐这样的啤酒。

第二天，天刚刚破晓，这正是哈托尔准备开始荼毒人类的时刻，拉神命令把事先准备好的啤酒运往哈托尔的必经之地。

"太好了，这样，我就可以把人类从灭亡中拯救出来。"拉神一边自言自语，一边命令将那 7000 罐掺有睡眠果的啤酒，倾倒在哈托尔马上就要到达的地面上。

顿时，地面上血红一片，足足敷盖了四寸厚。

过了一会儿，哈托尔女神果然出现了。她站起身，抽出利剑，准备继续对人类进行屠杀，她的眼睛红红的，犹如刚刚吃完人的疯狗一般，充满了对人类的仇恨……

当她把目光移向周围时，她惊奇地发现大地被鲜血淹没了。哈，哈，哈! 她龇牙咧嘴地笑了起来。那声音，犹如发怒的母狮的吼叫，震得整个大地都为之颤抖。哈托尔上当了，她误认为面前的就是人血。她想：该死的人类都杀光了，他们的血流成河，这回可以让我好好享受享受啦。她越想越高兴。于是，哈托尔弯下腰，捧起地上的血色啤酒狂饮起来，喝呀，喝呀……，她早已嗜血成性。

哈托尔喝得太多了。很快，睡眠果发挥作用了，她渐渐头

昏脑涨，觉得天旋地转、不知东西……

不知过了多长时间，哈托尔渐渐苏醒过来。她的残忍与暴戾荡然无存了。她又恢复了往昔的温柔与仁慈。哈托尔返回神城，受到拉神的热烈欢迎和款待。从此以后，拉神决定每逢节日来临，人类都要为众神们备下美酒，由妇女们掌管。尤其是每逢哈托尔节日之际，家家户户无不备下美酒佳酿，以纪念哈托尔，纪念人类得以幸存下来。这样时间久了，哈托尔竟渐渐成了埃及酒神。

又过了不知多少个世纪，年迈的拉神依然因羁留尘世为人类所扰而感到困顿不堪。他知道这是因为自己年纪太老了的缘故。但是，生老病死犹如自然界的枯荣都是十分正常的呀。拉神感到很苦恼，众神祇们都来安慰他，说他如何如何伟大，如何如何全才全能，但拉神不信这些。后来，他来到努恩这里抱怨、牢骚起来。

"我已经体弱力衰了，年迈犹如洪水猛兽似的，时刻向我袭来。我不能等待着自己变得比现在更老，更虚弱不堪……，因此，我想离开尘世……"拉神气喘吁吁地说。

努恩对拉神的遭遇和痛苦深表同情，他知道拉神一旦决定要离开尘世，任何挽留都将是徒劳的。

拉神老眼昏花地望了一下身边他的儿女们，然后说：

"我亲爱的儿子舒，我将把王位留给你，这样我就可以放心地离去，请接受我的命令吧!"拉神又转过脸来看了女儿努

特一眼,对她说:"我亲爱的女儿努特,就委屈你把父亲驮在你的背上,飞向高高的天空中去吧!"

努特沉默不语,她不忍心违抗父王的命令,于是,她转眼间就变成了一头牝牛,背负起父亲拉神悠悠升起,离开了喧嚣的尘世。努特化作了天宇支撑着拉神。

顷刻间,地球上被黑暗团团包围,人类从此就失去了光明和温暖。

当地球上的人们知道了事情的经过后,他们开始憎恨起那些阴谋杀害拉神的同伴,因为是他们才逼得拉神远离了尘世,从而使人类失去了光明和温暖。

于是,拥有良知的人们打算要为伟大的拉神报仇,他们开始胡乱地漫无边际地射箭,以期射死阴谋杀害拉神的那些居心叵测者。

拉神知道了所发生的事情,他大为解恨。他宣布战争降临人间。于是,从此以后,地球上便每时每刻也离不开战争和冲突。

再说,拉神离开尘世后,感到心旷神怡,别有一番滋味。他开始创造天上的各种神仙鬼魔,并将自己设在一个十分有利的位置,从那儿他可以监视着整个人类的所行所为。

一切都很满意,拉神深感欣慰。但是,好景不长,天牛渐渐体力不支,它头晕目眩,躯体也随之抖动起来。拉神一看这情景,于是命令空气神——舒神置身天牛体下,支撑天牛,还

命令盖驳神照看地球。

然而，麻烦仍旧存在。因为拉神离开了人类，人类从此也就失去了光明，这可怎么办呢？拉神后来想出了一个好主意，他把托特神招过来，向他解释说：

"你看，我已在浩渺的苍穹定居下来。我想请你做我的助手，去监视那些我创造的，还有那些阴谋杀害我的所有人类。但愿你能解决好我所遇到的麻烦，做好我的助理。"

托特接受了伟大的拉神的要求，他变成了一只朱鹭，作为众神的秘书。后来，拉神又对托特有了新的要求。一天，他又把托特招来，对他说：

"请你作为我的代理，你要让人类即使在夜晚也能在黑暗中隐约看到东西，这样，人类一定会赞颂你的。"

于是，托特又变成了月亮。从此，月亮也就在茫茫宇宙中诞生了。晚上，它给人类带来了罕见的光明。

在古埃及人看来，天空就是努特，它呈一头牡牛的形状，也就是天牛，天牛背弓咸穹隆状。拉神在白天里就是太阳，夜幕降临后，他就消失进入了阴间冥府，其位置就由托特来替代。托特就是月亮。

亚 述 神 话

埃阿智胜阿普苏

当混沌未开、乾坤未定之际，宇宙间既没有天，也没有地，只有漆黑的一团混沌和浩荡无边的海洋。

在浩荡无边的海洋里，有两股洋流尤其引人注目，一股是淡水，名叫阿普苏，另一股是咸水，名叫提亚玛特。

阿普苏和提亚玛特终日兴风作浪，弄得海洋没有片刻的安宁。这样过了许久之后，阿普苏和提亚玛特结合了，提亚玛特生下了男女两位神，男神叫拉赫穆，女神叫拉哈穆。阿普苏成了众神之父，提亚玛特成了众神之母。拉赫穆和拉哈穆是混沌中产生的第一代神，他们住在天上。到了这时候，宇宙间开始有了上下之分，开始有了一些生机。

后来，拉赫穆和拉哈穆结为夫妻，生出了男神安沙尔和女神基沙尔。不知过了多长时间，男神安沙尔和女神基沙尔结合了，生出了安努，他们使之与自己的地位相同。

后来，安努娶宁玛赫为妻，生下了埃阿。埃阿一生下来就聪明活泼，惹人喜爱，安努非常疼爱他，把他视为掌上明珠，倍加爱护。

埃阿长大以后，能力远远地超过了父亲安努和祖父安沙尔。由于他聪明过人，什么事都难不倒他，而且他还雍容大度，以诚待人，所以众神灵都喜爱他，爱护他。埃阿长得虎头虎脑，非常强壮，加之他勤学苦练各种本领，众神都称赞埃阿是文武双全。后来，众神灵推荐埃阿为水神，并兼任智慧之神、巫术之神以及一切工艺美术的保护神。

那时候，宇宙间没有任何规则和秩序，一些年轻的神灵常聚在一起寻欢作乐，彻夜不休，他们像潮水般地滚过来涌过来，由于神灵愈来愈多，他们的声势一天比一天浩大，并渐渐向外扩张。阿普苏和提亚玛特昼夜不得安生，他们对天上的神灵日渐不满，他们讨厌年轻神灵的胡作非为。日子一久，提亚玛特逐渐憎恨起众神来，但是她不知道该用什么方法对付他们。

阿普苏对天空诸神的所作所为也感到非常恼火。一天，阿普苏去见提亚玛特，他想与提亚玛特共商对付众神发展的办法，以免他们进一步发展。一提起这些神灵，阿普苏和提亚玛

特都在心中燃烧起愤恨的烈焰，提亚玛特对阿普苏说：

"天空上的那些年轻的神灵整天在一起寻欢作乐，他们闹得不可开交，扰得我不得一刻的安宁。"

阿普苏接着说：

"是呀，天空的诸神日益增多，声势也愈来愈大，而且有向外扩张之势，我也是寝食不安啊！"

"那你就去劝劝他们，让他们收敛一些吧！"提亚玛特说。

于是，阿普苏对天空的诸神好言相劝：

"孩子们啊，你们不要再在空中这样胡闹下去了，你们日夜吵闹不止，搅得我和你们的母亲提亚玛特睡不着觉，你们能不能平静一点啊！"

但是，天上的诸神对阿普苏的劝告充耳不闻，依旧日夜喧闹不止。

阿普苏气得暴跳如雷，恨得咬牙切齿，发誓要消灭这些扰乱他们且又顽固不化的后辈们。

于是，阿普苏带着侍从穆穆一起到提亚玛特那里，再次商讨对付众神的办法。

阿普苏怒不可遏地说：

"我再也不能容忍这群胡作非为的家伙了！他们日夜喧闹不止，搅得我不得安宁。我好言相劝，他们竟然对我的话充耳不闻，不把我放在眼里。我只好采用最后的一招——消灭他们，看他们老实不老实。"

阿普苏的一席话引起了提亚玛特的共鸣，她说：

"我完全理解你的心情，阿普苏。你知道，我也不堪忍受他们的胡作非为，不过……。"

提亚玛特无可奈何地说：

"你的主意绝非良策。难道你就忍心毁掉我们自己创造出来的后辈吗？虽然他们行为粗野，举动惹人讨厌，但是我们不能一下子就消灭我们自己创造的孩子们，我们应该给他们留条生路。"

然而，侍从穆穆却极力支持阿普苏的建议，他对阿普苏说：

"在这件事上，我劝你别管提亚玛特的态度如何。"

阿普苏此时还没打定主意，穆穆又添油加醋地说：

"按原计划动手吧，干掉那群讨厌的家伙。他们藐视你的权威，日夜喧闹不息，根本就没把你放在眼里。"

经过穆穆的怂恿，阿普苏决定实施自己的计划，消灭那些不知天高地厚的年轻神灵。

神灵很快获悉了阿普苏和穆穆消灭他们的罪恶企图，他们一个个手足无措，胆战心惊，一想到自己的末日即将来临，他们禁不住失声痛哭。哭过之后，也是无可奈何，众神又默不作声地坐着，你看我，我看你，就是没有想出一个避免这场飞来横祸的办法。

这时，神灵中以多才多艺著称的埃阿来了，他知道了阿普

苏和穆穆的阴谋后，很快想出了一个对付他们的办法。

埃阿用很短的时间制造了一个保护神灵的魔圈，对那些手足无措的神灵说：

"诸位不要惊慌害怕，快到我的魔圈中来吧!"

于是，埃阿把众神安排到魔圈里，阿普苏气得暴跳如雷，就是不能动众神的一根毫毛。

接着，埃阿又朝阿普苏念诵咒语，埃阿真不愧为巫术之神，他刚念完咒语，阿普苏就酣然入梦，侍从穆穆也身体发软，动弹不得。

埃阿给酣然大睡的阿普苏戴上了镣铐，摘下了他的王冠和光环，把它们戴到自己的头上。然后，埃阿又走到魔圈前，把魔圈里的众神放了出来。接着，他下令处死阿普苏，把身体软弱无力的穆穆捆绑起来，并用绳子系住他的鼻子，牵到外面示众。

埃阿征服阿普苏后，便在阿普苏统治的区域建立了自己的住所。

从此以后，埃阿和他的妻子达木启娜在淡水处平静地生活着，埃阿成了名副其实的淡水之神。

阿淑尔的诞生

埃阿用自己的法术战胜阿普苏之后，便在阿普苏统治的淡水区域建立了自己的住所。

不久，埃阿携妻子达木启娜离开了天空，搬到淡水水域的住所里去住。达木启娜知道丈夫的计划后，非常满意，于是埃阿和达木启娜在淡水深处安静地休息。

不知过了多长时间，埃阿和妻子达木启娜都开始感到寂寞，他们希望有自己的儿女。

一天，达木启娜对丈夫埃阿说：

"我们在这里的确可以安静地休息，但时间一长，我感到有点寂寞无聊，我希望有一个儿子来解闷。"

埃阿听了，颇有同感地说：

"谁说不是呢，我也感到寂寞难耐，况且我统治这么广阔的淡水区域，有一个精明能干的儿子辅佐才好呢！"

埃阿和妻子达木启娜交换意见不久，达木启娜就怀孕了，到了一定的时间，达木启娜生下了一个儿子。这孩子长得非常快，一天顶别人的一月。埃阿和妻子达木启娜非常高兴，给儿子取名为阿淑尔。埃阿在儿子阿淑尔出生那天，召来了众女神，并对众女神说：

"我的儿子阿淑尔出生了，你们要精心地喂养他，以便将来长得精明强干、有所作为！"

众女神按照埃阿的吩咐，从阿淑尔出生那天就对他倍加爱护，悉心喂养，使阿淑尔一看就威风凛凛。

阿淑尔一降生就像一位天生的领袖，埃阿一见儿子心里就美滋滋的，他决心把儿子阿淑尔培养成一个超凡脱俗的神，使

阿淑尔在体形和体力上超过所有的神灵。

埃阿经过缜密的考虑和精心的准备，决定把阿淑尔塑造成一位双体神，使他在体形和体力上都无与伦比。阿淑尔四道炯炯有神的目光从他的脸上投射下来，使他能洞察周围的一切；四只大耳朵从脸上凸出来，使他能耳听八方；无论什么时候，只要阿淑尔一动嘴唇，那么一股股令人恐怖的熊熊烈火就从他的口中喷射出来。这样，阿淑尔就成为一位精明强干的神灵了。

埃阿见儿子不但精明强干，而且在体形和体力上与众不同，就高兴地对众神说：

"我儿子将成为众神之王!"

阿淑尔头上缭绕着十位神灵才有的那么强的光环，因而他的光芒令人畏惧。无论谁看他，都会肃然起敬。埃阿的话颇有道理。

后来，阿淑尔很快就成为神灵中的佼佼者。他身体强壮，因而成为战场上的勇士；他学会了许多咒语，又精通法术，因而众神中数他最聪明。

提亚玛特和金古谋反

埃阿征服阿普苏之后，在阿普苏控制的淡水区建立了自己的住所，成为淡水之神，并在那里生下了无与伦比的儿子阿淑尔。

与此同时，埃阿的父亲安努创造了东西南北四路风，这四路风猛烈地扇动着提亚玛特控制的咸水水域，，可怕的暴风给咸水水域的神灵带来严重的危害，使他们不得安宁。开始，他们稍有不满，后来发展到憎恨，最后发展到水火不容的仇视：

于是，那些遭受风暴伤害的神灵便聚在一起商议对策，一位叫金古的乘机煽动道：

"安努这家伙创造了东西南北风，这四路暴风整日骚扰着我们，害得我们寝食俱废，我们的眼睛因缺少睡眠而发肿了，长此以往，后果不堪设想。为了保全我们的生命，我们一定要想出一个办法来对付那帮伤害我们的家伙！"

经金古的这一番煽动，这群咸水神灵心里都燃烧起愤恨的火焰，他们齐声说：

"没错! 金古，你快想出一个办法对付他们!"

于是，金古狡猾地说：

"我早已想出一条对付他们的妙计，大家知道，埃阿杀死了阿普苏，提亚玛特至今怀恨在心，现在，埃阿的父亲安努又创造了东西南北四路风，暴风不停地骚扰着提亚玛特的咸水水域，只要我们向提亚玛特鼓一鼓气，新仇旧恨交织在一起，提亚玛特一定会愤怒无比，一定会助我们消灭安努等神灵。"

众咸水神听后连声叫好，纷纷赞扬金古的才智。于是，他们簇拥着金古去面见提亚玛特，他们对提亚玛特说：

"母亲啊! 当初埃阿及其帮凶杀害了我们的父亲阿普苏，

你听主任之；现在，埃阿的父亲安努创造了东西南北四路风，这四路风猛烈地搅扰着咸水水域，不但骚扰着你，而且害得我们不能入睡，可你还是不管不问。你看看我们的眼睛，因为缺少睡眠，眼睛都肿了。如果你再不为我复仇，你让我们怎么爱您呢？快想办法对付杀害了阿普苏和穆穆的凶手吧！如果你去攻打他们，我们会鼎力相助的！"

提亚玛特听了这些鼓劲打气的话，非常高兴，她决心消灭这群搅得她不得安宁的小辈，她说：

"我接受你们的意见，我先创造一些鬼怪作帮手，然后再跟他们决一死战！"

这些咸水水域的神灵征得提亚玛特的同意和参与后，日夜聚在一起密谋，时刻准备决战。

再说提亚玛特，自从听了那群咸水水域的神灵怂恿后，她不敢怠慢，不分昼夜地打造兵器，训练人马。她还创造一群怪蛇，怪蛇牙齿锋利，用毒汁代替血液填充它们的躯体，给它们披上令人恐怖的外衣，让它们的身体大得怕人。提亚玛特还创造了怪龙，风暴巨人，疯狂的猎狗，人身蝎头的人，给它们配备了各式各样的奇特兵器。这群怪物嗜杀成性，残酷无情，具有极强的战斗力。

为了确保对众神的胜利，提亚玛特遍选诸战士，任用她现任丈夫金古为统兵主帅与众神决战。提亚玛特在决战之际把"命运牌"挂在金古的胸前，这样金古对众神具有了生杀予夺

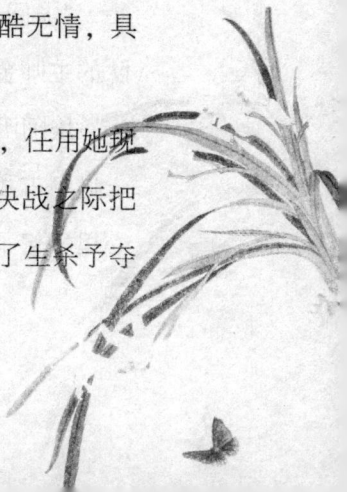

177

之权。

提亚玛特令金古先打头阵，她命令道：

"我已经给你念了护身咒语，授予你对众神的生杀予夺之权。现在你是统兵大帅，你是唯一有资格与我平起平坐的神。你建功立业的时刻到了，现在就看你的啦！"

提亚玛特创造的那群鬼怪根本不知道什么是害怕，它们群集在提亚玛特的身边，一个个摩拳擦掌，磨刀霍，霍，鼓足了劲准备厮杀。提亚玛特高声叫道：

"愿你们的剧毒能征服那群十恶不赦的家伙！"

提亚玛特和金古的密谋和行动当然瞒不过智慧之神埃阿的眼睛，埃阿心里十分着急，但也无可奈何，沉思许久，他终于决定把这个不幸的消息告诉祖父安沙尔。

埃阿匆匆去见祖父安沙尔，他对安沙尔说：

"我的祖父啊，提亚玛特憎恨我们，现在他们正密谋消灭我们。一切凶神都归附了提亚玛特，他们就要打来了。"

安沙尔听到这个不幸的消息，也是心如乱麻，不知所措。安沙尔沉思半晌，对埃阿说：

"埃问，你智杀阿普苏，现在你必须设计除掉提亚玛特军队的主帅金古！"

埃阿听了祖父的话以后，准备亲自与金古决战。但是埃阿一见金古和提亚玛特的队伍杀气腾腾，一个个怒气冲冲，就在心里打起了退堂鼓，悄悄地退却了。

埃阿惊魂未定地跑到祖父安沙尔那里，对他说：

"提亚玛特、金古以及他们的鬼怪根本不十自法术，我是没办法对付它们了!"

安沙尔听了，心如乱麻，但也无可奈何，只好暂避一时，以便合适的人去抵抗提亚玛特和金古的进攻。

阿淑尔荣任众神之主

安沙尔及众神灵只能暂避一时，不可能长久地躲避这场大战。安沙尔在危急时刻想起了埃阿的伟大的儿子阿淑尔，他力大无比，而又聪明绝伦，一定能担当统兵决战的大任。安沙尔召来阿淑尔，对他说：

"阿淑尔，我的孩子! 提亚玛特及其帮凶金古来势凶猛，只有你才能战胜他们! 我将满足提出的一切要求!"

阿淑尔满怀信心对安沙尔说：

"我可以征服提亚玛特和金古，挽救你们的生命! 不过，你必须召集众神并当众授予我至高无上的控制权!"

安沙尔闻听此言大喜，当即召集众神到议事厅开会，并当众宣布：

"诸位，大敌当前，阿淑尔挺身而出，决心会战提亚玛特和金古。我决定授予他至高无上的控制权，我口述的命令将永远不能改变，也不能取消!"

众神一见生命有救，立刻异口同声表示同意，议事厅里掌

179

声不断。他们决定举行宴会以示庆贺。

于是，所有能决定命运的神灵聚在议事厅里，宽敞的大厅立刻变得拥挤起来。他们一个个兴致勃勃地坐在宴席边，觥筹交错。酒足饭饱之后，众神七手八脚地把阿淑尔扶上了宝座。这样，阿淑尔就成了众神之主，权力超过了他的前辈神灵。

阿淑尔在众神之主的宝座上坐定之后，诸神对他说：

"您是伟大的神灵中的最显耀的，您的权力无与伦比！您的命令无人不听，不可抗拒！您是我们伟大的统帅，您——定能摧毁提亚玛特和金古的军队，您是叛逆们的克星！"

众神将一件衣服在他们中间摊开，他们对阿淑尔说：

"您的命令至圣至真，您说消失或创造，立刻就可以实现；您说消失，衣服立刻消失；您说创造，衣服又将重现，"

阿淑尔当场试验，他刚说完消失，衣服就不见了；他说创造，衣服又出现了。众神见阿淑尔果真有这样的能力，高呼：

"阿淑尔是皇帝！"

他们授予阿淑尔节杖、戒指，并鼓励他说：

"去吧，割掉提亚玛特和金古的生命之线！让风把她们的血带得远远的！"

这样，经安沙尔推荐，众神拥戴阿淑尔做了众神之主，摧毁提亚玛特军队的重任也就由他担当了。

阿淑尔大战提亚玛特

阿淑尔领受任务后，积极准备即将来临的大战。阿淑尔做了一张硬弓，又做了一杆长矛，他手持长矛，腰挂弓和箭袋，显得英姿飒爽。接着，阿淑尔召来了雷电，把毁灭性的火充入闪电。安努赠给了阿淑尔一张网，以便网住提亚玛特。阿淑尔还创造了恶风、暴风、飓风、四重风、七重风、旋风、无比的风等七种风，让它们与网结合去摧毁提亚玛特。

阿淑尔带上了强大的武器，登上他的战车，直奔提亚玛特的军队。阿淑尔套的四匹烈马凶猛、勇敢，它们的牙齿充满了毒液，它们的躯体上有斑驳的汗水，它们受过疾驰的训练，知道如何把敌人踩在脚下。阿淑尔的战车很快驶到提亚玛特的面前，愤怒的提亚玛特直视阿淑尔。

阿淑尔决心先战提亚玛特，再捉她军队的主帅金古。金古一见阿淑尔就心慌意乱起来，手脚发软，六神无主。提亚玛特和金古身边的鬼怪一见主帅金古未战先乱，它们也是吓得惊恐万状。提亚玛特独自坚守阵地，没有一丝慌乱，她向阿淑尔发出了挑衅：

"阿淑尔，这儿就是你的葬身之地！"

阿淑尔不慌不忙，朝提亚玛特高声怒骂：

"你高高在上，不管众神死活，今又纠集众魔鬼来决战，真是不知天高地厚！你密谋消灭诸天神，真是异想天开，快来

受死吧!"

提亚玛特听后,气得像着了魔一样,失去了理性。她浑身哆嗦,念了一通符,又诵了一阵咒。阿淑尔毫不示弱,先向其武器施了魔法,然后向提亚玛特撒开了大网,一下子就把她罩住了。随后,阿淑尔把七种恶风向网中的提亚玛特刮去,不知死活的提亚玛特企图吞食七种恶风。阿淑尔迅速地向她刮出更加猛烈的恶风,提亚玛特的肚子急速地膨胀了,她已失去了理智,嘴巴张得更大了。阿淑尔乘机向提亚玛特投出了长矛,刺进了她的肚子,刺穿了心脏。阿淑尔结果了提亚玛特的生命,神采飞扬地站在提亚玛特的尸体上。

提亚玛特一死,她的阵线立刻崩溃了,各种鬼怪四散而逃,企图逃命。但以阿淑尔为首的诸神早已准备好了,他们一拥而上,把众鬼怪团团包围了,俘虏了他们,并摧毁了它们的武器。它们一个个被罩在网中,自知难逃正义的审判,惊恐万状,哀号声惊天动地。阿淑尔给提亚玛特创造的鬼怪戴上脚镣手铐。穷凶极恶的金古难逃法网,阿淑尔一把揪下了金古胸前的命运牌,在命运牌上盖上了自己的印记,挂在自己胸前。

阿淑尔取得对敌人的彻底胜利,控制了被俘的诸鬼怪以后,就着手处置元凶提亚玛特。阿淑尔踢倒了提亚玛特的尸体,砸碎了她的脑袋,割破了她的血管,让风把她的血远远地带走。阿淑尔果然出手不凡,他把提亚玛特的尸体切成了两半,像两条扁平的鱼。他取一半,做成了天穹,把栅栏推倒它

面前，设置了守护神。他经过仔细地观察，把另一半尸体做成了大地。

阿淑尔创造天地

阿淑尔把提亚玛特的尸体一分为二，一半造成了天穹，另一半造成了大地。他取提亚玛特的唾液做成云雾，还把提亚玛特的头摆成一定的姿势，创造了大地上的山脉，提亚玛特的两只眼睛被造成了幼发拉底河和底格里斯河。

阿淑尔创造了天宇和大地之后，命令一位神守护大地，对他说：

"我命令你守卫大地，你不要让海水肆意泛滥，不要让水淹没大地！"阿淑尔接着又给其他众神分派任务，安努负责统治天空，埃阿负责控制淡水水域，埃利尔负责统治大地。任务分派以后，诸神各归本位。

为了使天地运行有序，阿淑尔还确定了星座，他自居中央，群星绕他运行，一刻也不得有误。阿淑尔还确定寒暑一次为一年，每年十二个月，每月三十天左右。

后来，阿淑尔创造了月神辛，对他说：

"你要在夜里出来，用不同的月像照耀大地，显示月份中的具体日子！"

阿淑尔还创造了太阳神沙姆什，白天由沙姆什负责照耀大地。阿淑尔创造了日月星辰，从此宇宙里便有了发光的物质。

他位于天宇的中央，监督众星辰的出没，确保年、月、日和各时令节气各有定时，不致紊乱。

阿淑尔确定了天地的秩序以后，把他创造的各种圣物交给了埃阿，把命运簿交由安努收藏。最后，阿淑尔把提亚玛特创造的各种怪物变成了塑像，借以警告众神。

阿淑尔忙完这些事，隋以后，回到了安努和埃阿身边，对他们说：

"我把土地变结实了，你们可以在大地建造一座豪华的宅邸和庙宇，这样你们在降临大地时便有了歇脚的地方了。我要在大地上建造我自己的神庙。"

众神听后，纷纷说：

"埃阿是一切工艺美术之神，他深谙各种绝技，由他制定你的神庙的计划，我们甘愿出力建筑。"

阿淑尔大喜，命令埃阿，立即动手建造。阿淑尔在大地便有了自己的神庙。

阿淑尔创造人类

阿淑尔确定了宇宙的秩序以后，众神又齐心协力为他建造了豪华的宫殿和庙宇，阿淑尔看了非常满意。阿淑尔看到众神劳动非常辛苦，便对埃阿说：

"我去采集些血液，创造些骨骼，然后用骨和血创造一种原始的生灵，姑且称之为'人'吧！我要让人为神工作，对神

献祭，让神灵得到快慰。此外，我要将众神分成上界的神和下界的神两部分，还巧妙地设计了诸神的活动方式。人的使命就是要好好地伺奉神灵，让神灵们自由自在地休息。"

埃阿听了以后，对阿淑尔说：

"我们从造反的神中选出一位神灵，将他杀掉，用他的血液造人吧。"

阿淑尔说："那么，应该把谁杀掉来造成人呢？"

埃阿胸有成竹地说：

"召集那些谋反的神灵开会，让他们交代那个诱使他们造反的神，然后把他处死，用他的血液造人。"

于是，阿淑尔把参与造反的神灵都召集起来，对他们说：

"你们当中谁制定了谋反计划，诱使提亚玛特造反的？你们把他交给我，让他自己一个人承担责任，接受谴责和惩罚，其余的众神便可平安无事了。"

参与谋反的诸神听了以后，一致供认说：

"煽动我们谋反的是金古，挑起战争的是金古，诱使提亚玛特参战是金古，他应受惩罚。"

于是，他们把金古绳捆索绑，推到了阿淑尔的面前。

阿淑尔把金古交给了埃阿，让埃阿对他进行惩罚。埃阿杀死了金古，割破了他的血管，用金古的血创造了第一批人。埃阿创造了人类，规定了人类必须替神劳动，向众神献祭。

阿淑尔果然不食言，杀了金古以后就把其他参与谋反的神

灵释放了。谋反的诸神被释以后，也过上了自由自在的生活。此后，宇宙间一片和平安宁的景象，众神齐声赞扬阿淑尔的功德：

"阿淑尔的统治英明无比，他创造了人类，他为人类建立了宗教崇拜仪式，全体人类将永远崇拜阿淑尔，看管好他的宫殿和庙宇!"

为了表示对主神的尊敬与感激，众神赠给阿淑尔五十个称号，以此结束了他们的庆祝活动。

最后，众神说：

"让人类为阿淑尔欢呼吧，这样，他们的土地才会肥沃，人民才会兴旺。阿淑尔心胸宽广，仁慈大度，然而他一发脾气，便会惊天地，泣鬼神。阿淑尔消灭了提亚玛特，获得了永久的王位，他的旨意不可更改，他的命令至高无上，天间的诸神和人间的众生必须遵守。"

青春的塔穆斯

塔穆斯是繁殖之神，人们一般称他为"青春的塔穆斯"。根据非常古老的神话传说，他是盘提勃拉地方的游牧人。一天，他的母亲在草原上放牧时，天公不作美，突然乌云密布，狂风大作，飞沙走石，势不可挡。他的母亲一不小心从马上摔了下来，而且摔得很重，腿都断了，丝毫不能走动。在渺无人烟的草原上，在这么恶劣的天气情况下，谁能救助她呢？真是

叫天，天不应；呼地，地不灵。但死神是不会轻易降到一位心地善良的年轻姑娘身上的。或许是神的安排，一位游牧英雄路过此，把她带到自己家中养伤。由于这位游牧英雄的精心的照顾，塔穆斯的母亲很快康复了。在共同的生活中，她对这位游牧英雄产生了好感，他们于是就结合了。

不久，塔穆斯的母亲就怀上了塔穆斯。由于塔穆斯的父母的结合没有正式的仪式，所以塔穆斯的外祖父非常恼火，认为女儿不该生下这个孩子，便百般迫害她，一心想阻止塔穆斯的母亲生下塔穆斯，并以置孩子死地而后快。他经常打骂女儿，侮辱女儿。塔穆斯的母亲起初还苦苦地哀求父亲，但绝情的父亲一意孤行，不为所动，一定要把这个孩子弄死。塔穆斯的母亲终于绝望了，整天闷闷不乐，于是她向神灵祈祷，希望神能助她生下这个孩子，并保护好这个孩子。

神知道塔穆斯的母亲的不幸遭遇后，十分同情和怜悯她，决定助她一臂之力。于是，塔穆斯的母亲被变成了一棵郁郁葱葱的大树，然后树干产下了这个天资聪颖的孩子，躲过了塔穆斯的外祖父的迫害。

塔穆斯出世以后，他的母亲对这个孩子十分疼爱，但同时害怕她的父亲再次迫害这个不幸的孩子。于是，她把塔穆斯装在一只箱子里，然后把塔穆斯托付给阴府的王后去抚养。

阴府是一个幽暗的地方，日月的光华永远照不到这个地方。人们沿着那条"不能回头的路"进入这个"黑暗的王国"，

以后再也不能出来。人们一旦进去，便永远失去了光明，只能在黑暗中愁眉苦脸地干坐着。阴府没有食物，他们以尘土充饥，以污泥裹腹。阴府的臣民也没有衣服，只好像鸟儿一样以毛茸茸的羽毛蔽身体。阴府非常寂静，乌鸦在空气中振翼声时而可以听到，无数幽灵的凄惨绝望的呻吟不绝于耳。

塔穆斯在阴府中渐渐长大了，出落得不但潇洒漂亮，而且天资聪颖，智力超凡。因此，阴府的王后非常喜爱他，想把他据为己有，不肯把塔穆斯交还给他母亲。

塔穆斯的母亲几次去阴府向阴府王后要孩子，但都遭到了拒绝。后来，她识破了阴府王后的阴谋，她非常伤心，于是再次向神求助，控诉阴府王后霸占她的孩子的恶劣行为。

神灵知道此事后，为了息事宁人，他作出了这样的判决：塔穆斯每年上半年同亲生母亲住在一起，每年下半年同养母阴府王后住在一起。

从此，一到下半年，塔穆斯都要离开母亲及光明的人间，降落到阴森森的阴府，男女老少都要为他举行哀愁的典礼，以示依依惜别之情。大家发出凄婉的哭声："塔穆斯……不在人间过活了。"但是，春天一到，塔穆斯又回到了人间。枯死的大地上立刻充满了生机，郁郁葱葱的森林中不时传出小鸟婉转动听的歌声，灰色的池塘里产生了浓浓的绿意，人们凄惨的苦脸立刻化为笑颜。大家都很高兴地敲锣打鼓地过"迎春节"，欢快地设宴庆祝青春之神的回复。

伊什塔尔和塔穆斯

伊什塔尔是闪族的一位重要的女神，崇拜她和信仰她的地域非常广阔，几乎遍布整个亚洲。亚述人称她是一位法力无边、仁慈怜悯，救苦救难的慈祥的天后。

因为"生命"与"恋爱"关系密切，所以人们常说："有生命的存在就会产生爱情，有了爱情就会繁殖后代，也就产生了新的生命。"因此，伊什塔尔还被人们奉为恋爱之神。有些地方把她奉为解释梦境和神谕的圣后，说她常常托梦给她的子民，告诫他们："多行善，不做恶，多行不义，必自毙!"还有些地方奉她为攻无不克，战无不胜的战神，可是她还是最主要地被奉为忠贞不渝的爱神。

伊什塔尔是位美妙绝伦的女神。人们看见她披在肩上的长发，就会说："这些松散的头发已经这样美，如果把它梳理起来，将会更加迷人。"凝望她的双眸，觉得它们像宝石一样闪闪发光；凝视她那樱桃小嘴，就令人想入非非；凝望她那纤纤玉手和玉臂，就会幻想掩藏在衣服下的肌肤该是多么娇嫩可爱。

爱神伊什塔尔听说青春之神——塔穆斯来到人间便可以给人间带来生机，给人间带来欢乐，她不远万里来访。两人一见钟情，塔穆斯成了爱神伊什塔尔的丈夫。塔穆斯和伊什塔尔恩爱缠绵，如胶似漆，感情甚笃。

然而，好景不久，阴府的王后在塔穆斯到阴府同她同住时，乘机致塔穆斯受伤而死。

多情的爱神失去爱人，忧伤万分。由于眷恋她的爱人，她决定亲历险阻，到阴森黑暗的阴府去寻找她的爱人。

伊什塔尔下阴府

为了达到把塔穆斯永远留在身边的目的，阴府王后乘塔穆斯在阴府吃饭时，施放了毒液。不料，放了毒的饭被王后的侍女吃掉了，阴府王后乘机嫁祸于塔穆斯，便向死神告状，说塔穆斯害死了她的侍女。

死神涅尔伽尔听了非常生气，便把塔穆斯打入监狱，用最残酷的刑法来折磨塔穆斯。

塔穆斯手指断了，眼睛肿了，膝盖和全身布满了血迹。

阴府是一个幽暗的地方，日月的光华永远射不进来。人们沿着那条"没有回途的"道路，一旦进这个黑暗王国，便不再能出来。那里既没有太阳，又没有月亮，一旦进去，便永远失去了光明。阴府里没有小鸟歌唱，没有小草朝我们点头，也没有含笑的鲜花。总之，阴府里没有一丝生机，人们只能在黑暗中愁眉苦脸地孤单地坐着。

阴府里的生活是严酷的。那里没有食品，人们只能以尘土充饥，以污泥果腹；他们也没有衣穿，只能像鸟儿一样以羽毛蔽体。

阴府的阴森恐怖气氛咄咄逼人。漆黑的乌鸦的振翼声声声可闻，不时地打破死一般的寂静：无数的幽灵不时发出凄苦的呻吟。可怕的死神涅尔伽尔高高地端坐在王位上监视众幽灵，统治着这个死气沉沉，阴森可怕的王国。尽管阴府的情形是如此恶劣残酷，但是伊什塔尔爱夫心切，便不顾一切地循着那条"没有回途"的道路，来到阴府外，高声喊道："卫兵，快给我开门，否则我就要砸门了。"卫兵不敢怠慢，赶紧跑去报告死神涅尔伽尔。死神涅尔伽尔听说如花似玉的伊什塔尔来找情郎，心里乐开了花，不怀好意地说：

"依照阴府的老规则让她进来!"

伊什塔尔抬脚刚迈进第一道门，卫兵便上前摘下她头上的凤冠。伊什塔尔不禁愕然，愤怒地说："干什么，为什么摘我的凤冠?"卫兵回答道："这是阴府的规矩，凡是要进者，每过一重门都要剥下一件衣服或饰物。"

多情的爱神为了能尽早地见到情郎，她顾不得许多。每过一道门，卫兵便依例剥下她的衣服或饰物。过第二道门时，她的耳环被摘下；过第三重门时，她的项链被摘下了；过第四道门时，她的胸花被拿走了……等伊什塔尔通过阴府的七重门，她身上的一切服饰都被剥得干干净净。

伊什塔尔赤身裸体地来到死神涅尔伽尔面前，好色的涅尔伽尔立刻被伊什塔尔那魔鬼身材迷住，他色眼迷迷地把目光从伊什塔尔的润泽而有光滑的额头，移到伊什塔尔那富有弹性的

胸脯上，渐渐地挪到她那润玉般的玉腿上。伊什塔尔顾不得这些，大声喊道：

"尊敬的死神，请您快把我的情郎塔穆斯放出来！"

好色的死神涅尔伽尔眉头一皱，计上心头，便满脸堆笑地说：

"放你的情郎可以，但你必须答应我一个条件。"

"什么条件？"伊什塔尔急切地问道。

死神涅尔伽尔不知廉耻地说：

"条件吗？很简单，只要你愿意做我的王后，我将立即释放你的情郎。"

爱神伊什塔尔是何等聪明，当即戳穿了死神涅尔伽尔的伎俩，嘲笑道：

"你简直是癞蛤蟆想吃天鹅肉，别做梦了叫央把我的情郎放出来！"

涅尔伽尔见阴谋不能得逞，便恼羞成怒，刚才的笑脸立刻变得面目狰狞，便吩咐判官朝伊什塔尔施放了七种疾病。伊什塔尔的眼睛瞎了，美丽的秀发失去了昔日的风采，从头到脚无处不生病，体无完肤，惨不忍睹。

自从伊什塔尔下到阴府以后，壮丽的山河憔悴了，锦绣般的大自然咸了凄惨的世界：路边的小草枯萎了，娇嫩的鲜花凋零了，池塘里的蛙声凝住，清脆鸟鸣停止了。牛驴不再互相偎依，鸡狗不再欢叫，年轻的男女不再互相思慕。

万物生灵发出绝望的哀鸣："永别了，我们的情后！我们

的生命也终止了。"大地的娇容化为愁容，她的胸脯上铺上了厚厚的冰雪。大地在呻吟，湖海在咆哮，风在狂呼，雨在暴跳，悲痛欲绝的哀号不绝于耳："啊，亲爱的大地，亲爱的山岳，亲爱的湖沼，亲爱的河川，亲爱的海洋，哭泣吧！亲爱的小草，亲爱的树木，亲爱的小鸟，亲爱的青蛙，痛哭吧！从此以后，可爱的春华，温柔的'隋爱将绝迹于人间，万物将不再滋生繁衍！"

充满生机的世界不复存在，呻吟声、哀号声充斥着整个世界，遍布着大地的每一个角落。伊什塔尔的兄弟沙姆什见此惨相，悲痛万分，便向智慧之神埃阿哀诉，求他解救伊什塔尔。智慧之神埃阿听到这个不幸的消息，非常震惊，立即派其侍从乌斯穆前往阴府，命令死神涅尔伽尔释放伊什塔尔返回人间。

乌斯穆给阴府带去了光明，大小幽灵欢呼起来："光明使者，光明使者，你终于来了，你给我们带来光明，你给我们带来生命，不要走了！"乌斯穆径直去见死神，宣布了智慧之神埃阿的命令。死神涅尔伽尔害怕乌斯穆带来的光明会破坏他在阴府的权威，他立即派人去领伊什塔尔，并派判官向伊什塔尔洒上生命之水。伊什塔尔慢慢地恢复了昔日的风采。

死神涅尔伽尔命人把伊什塔尔的服饰交还于她，并赠给她生命之水，说："回去吧，你把生命之水洒在塔穆斯身上，他就会复活的！"伊什塔尔获释以后，又得了生命之水，匆匆地赶回了家里。她见女仆们在办丧事，上前揭开了棺材，见塔穆

斯面色苍白，直挺挺地躺在那里，不觉潸然泪下。她立即命女仆拿生命之水，轻轻洒向塔穆斯的整个尸骸。不久，塔穆斯就在伊什塔尔的怀抱中悠悠地苏醒了，伊什塔尔不禁欢呼起来："看啊！他动了！他呼吸了！他活了！我是多么快乐啊！我亲爱的塔穆斯，快到我的怀里来吧！"

塔穆斯很疲倦地半启明眸，看了一眼他的爱人，又无力地合上了眼睛，过了一会儿，居然复活了。伊什塔尔连忙给他喝了几口琼浆玉液，塔穆斯立刻精神大振，张大臂膀，紧紧地抱住他的爱人，热烈地亲吻他的爱人。侍女献上饰金的牛头琴，塔穆斯理好琴弦，弹出一曲缠绵的恋歌：

"我多情的爱神，来我怀中吧！

爱情的火焰无尽，一直在燃烧我的心！

我与你的心同呼吸，共同倾诉昔日的真情！

我与你接吻，便恢复了青春！

感谢诸神的恩赐，

赐给我最真挚的情人！

我们在地相亲，在天相爱。

我把你的秀发，当作黑色柔布。

我把你的柔胸，当作软枕。

你的秀色可餐，

你的香唇可亲。

啊，我的爱人，亲爱的王后！

我把我的灵魂给你，我的命运寄托于你身！

圣后啊，我最亲爱的情人，

别的快乐，我不求。

但愿我们的爱情万古长青！

倘若爱情消失，我就失去了生命，丢了灵魂！

倘若爱情合敛翼，在园林潜隐，

那么，古往今来的诗人，

所吟咏的欢乐诗歌，就一无可听。

我不要别的，只要你情高意真，

我爱你的秀丽，我爱你的忠贞。

我爱你的手臂，环抱着你的玉身。

我愿蜷伏在你柔软的怀抱中，

安息我的灵魂。

不然，世界就失去了光明！

若是我们相爱，

我的生命将会充满快乐的旋律！

若是我们相爱，

我将会使你的生命充满色彩！

若是我们相爱，

我将把我们的快乐带给整个人类！

那么，让我们同到那快乐的国度，

让我们同住那美丽的乐园!

否则，我宁愿化为尘埃。

否则，我宁愿忍受折磨。

我能令荒凉的大地，万物皆荣。

我能使光秃秃的高山，充满绿阴。

我会使百花齐放，

我能让小鸟欢乐，

我能让小溪歌唱。

我亲爱的，你说爱我否?

爱人，你要明白世间万事，

瞬息万变，有假亦有真。

但是，你要相信，

我的真情，

我的忠诚!

我男相信你爱情真挚，

比山还高，比海还深!

来吧，让我们携手双飞，飞渡重门，

飞过高山，

越过海洋，

跨过绿阴，

经过白银之路，

穿过幽静的园林，

飞到那神圣的殿堂，

把我们温馨甜美的旧梦重温。"

一曲未终，琴声戛然而止。正当塔穆斯手抚琴弦，沉醉于缠绵美妙的恋歌中，走出黑暗的阴府，飞上云端之际，死神涅尔伽尔却跟踪而至。

忽然，一阵旋风不知从哪里吹来，万里晴空变得天昏地暗，塔穆斯顿时晕了过去，饰金牛头琴从手中掉下来。他红润的笑脸变成了灰白色，他美妙的歌声还在空中回荡。他的脉搏停止了跳动，他的血液停止了流动，他的一缕幽魂复归阴府。伊什塔尔抚着塔穆斯冰冷的尸体，不禁悲从心中来，放声痛哭。她美丽的秀发在空中飘动，激发着她内心的愤怒，她那传情的明眸射出冷冷的锐光，好像要射穿整个阴府。她伏在已故的爱人身上，号啕大哭，哭声惊天动地，掀起了波涛，惊动了天上的诸神。

诸神闻听这一噩耗，立即前来吊唁。他们合众神之力建造了一座神庙，来存放塔穆斯的尸骸。众神一面遣使到各处报丧，请天上、地上和海中的神人陪伊什塔尔哀哭，一边在天上举行极悲痛的哀悼。他们齐唱悲歌，吊唁伊什塔尔道：

"啊，天地的神灵，哭吧，和我们一起哭吧！陪我们的姊妹，恋爱女神伊什塔尔一起哭吧！风啊，雨啊，赋予你们力量的女神，遭遇了很大的不幸。啊，地上的芸芸众生啊，赋予你

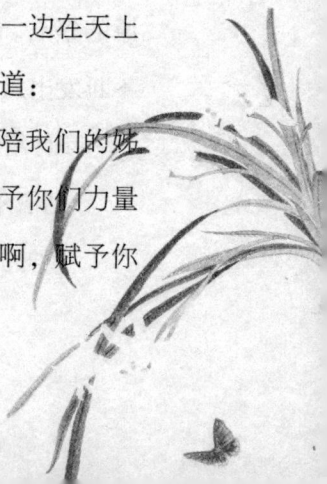

们生命的女神遭遇了最大的不幸。痛哭吧，让我们的哭声唤回青春之神的灵魂，让我们的哭声唤醒恋爱女神的哀思!"

诸神在空中痛哭，这哭真是惊天地泣鬼神，哭得天昏地暗，日月无光。塔穆斯的一丝幽魂，伴着哭声，冉冉复归阴府，众神之主加冕塔穆斯为幽魂之主。以后，伊什塔尔悲痛渐减，仍让光明和恋爱充满人间。

从此以后，大地上又出现了一幅太平景象，荒凉的大地上焕发了生机，人间男女的爱情充满了甜蜜，雌雄花朵互相亲吻，牛驴牲畜紧紧相依，青蛙在成对地欢叫，成双成对的小鸟在绿阴中歌唱。

战神帮助亚述王

伊什塔尔不仅是一位多情的爱神，而且是一位骁勇善战的战神，得到她相助的国家总是攻无不克，战无不胜，所向披靡。亚述国王阿淑尔拔尼巴为了战胜劲敌埃兰国王特尤曼，特意驱车来到伊什塔尔的神庙，求她相助。

阿淑尔拔尼巴恭恭敬敬地走进伊什塔尔的神庙，献上了丰厚的祭品。他跪在伊什塔尔神像前，向战神诉说心中的不安，不断发出焦急的叹息声。

伊什塔尔听到阿淑尔拔尼巴的诉说以后，安慰他道：

"阿淑尔拔尼巴，不要害怕你的敌人!"

战神的安慰使阿淑尔拔尼巴立刻信心倍增，浑身增添了无

穷的力量，低下的头也昂了起来，胸脯也挺了起来。战神又用柔和的话语对他说：

"我以慈悲为怀，我的仁慈与你祈祷的手臂一样高，与你眼中的泪水一样多。在战斗中，你不必害怕，我将与你同在。"

阿淑尔拔尼巴如释重负，他虔诚的祈祷得到了回报。

次日凌晨，阿淑尔拔尼巴早早地起了床，又去战神伊什塔尔的神庙朝拜。伊什塔尔神庙的大祭司先向国王请安，然后向国王详细描绘了他昨晚的梦境：

"我梦见战神伊什塔尔全身披挂，腰挂箭囊，右手握一张强弓，左手握宝剑，就要投入战斗。您站在战神面前，她亲切地嘱咐你：'我将随你出征，只要你按我的命令去做，我将与你同在!'您重复了女神的要求，女神就叫你不必担心。"

次日，阿淑尔拔尼巴的军队与特尤曼的军队严阵以待，准备决一死战。突然，战神伊什塔尔出现在亚述军队中，率全体将士勇猛地冲向埃兰国王特尤曼的军队，一举将其击溃。亚述军队愈战愈勇，乘胜追击，全歼埃兰军队，活捉埃兰国王特尤曼。从此以后，亚述消灭了自己在东方的劲敌。

埃拉和伊舒姆

灾难之神埃拉凶狠残暴，以破坏、杀人为乐，人称可怕的刽子手，人类的灾祸之源。

一天，埃拉躺在床上，考虑着下一步行动。他的帮凶塞比

提站在一旁，塞比提是埃拉的得力助手，他有七个不同模样的身体，能够呼出死亡气息，任何人都无法逃脱一死。塞比提见埃拉躺在床上半天没有动静，就朝他大声嚷道：

"起来，埃拉！你好像从未打过仗，不敢面对血肉横飞的战场。振作起来，你看众人在你面前俯首帖耳多好玩！巨人见了你将会七窍生烟，勇士听见你的声音也会心惊肉跳，高山为你颤抖，大海为你咆哮！还等什么，快动手吧！"

在塞比提的诱惑下，埃拉召来助手伊舒姆，要他一起出发。

伊舒姆深知，埃拉一出发，人类就遭殃了。他是一位心地善良的神，劝说埃拉道：

"啊，我的主人，你干尽了坏事，难道还不满足吗？"

"闭嘴，伊舒姆！"埃拉厉声喝道，"你是我忠实的仆人，我是天上的野牛神，地上的雄狮，神灵中最厉害、最勇敢者。地上的人类不听我的话，不把我放在眼里，他们应该受到惩罚。我将鼓动伟大的马尔都克离开巴比伦的住处，我将给这些刁民一点颜色看看！"

埃拉带上塞比提和伊舒姆，来到巴比伦城，进入马尔都克的埃萨格吉拉神庙，对众神之王马尔都克说：

"伟大的主神啊，你的王权笼罩着神圣的光环，点缀着壳晶晶的星星。可是现在有人图谋不轨，企图篡夺你的王权。你赶快离开这个地方，让我替你对付这些不自量力的家伙。"

马尔都克将信将疑，他担心自己一离开埃萨格吉拉神庙会在人间造成混乱，怪风、巨人和下界的鬼魅会乘机吞食人类，不留一个活口。埃拉向马尔都克保证，在他离开之际，他埃拉会保护大地不受破坏，决不会让巨人和下界的鬼魅祸害人类。马尔都克轻信了埃拉的花言巧语，就离开了巴比伦城。

马尔都克前脚刚走，埃拉急不可待地向伊舒姆下命令：

"打开大门，我要出征。我要击落太阳，让世界变成漆黑一片；我要把所有的城市都变成废墟，让黑头发的巴比伦人尸骨堆积成山；我要搅动大海，灭绝海中的生物；我要践踏大地，不留一个活口！"

埃拉在那里胡言乱语，心地善良的伊舒姆心急如焚，他不忍心人类就此灭绝，试图劝说埃拉放弃他的罪恶的计划，但得意忘形的埃拉哪里能听得进去。

埃尔带着塞比提洗劫巴比伦城，雄伟壮观的巴比伦城顿时横尸遍地，离开巴比伦，埃拉又扑向了圣城尼普尔，踏平伊什塔尔的神庙。埃拉连屠两城还不满足，自言自语道：

"屠杀、复仇使我兴奋无比。我要干掉所有的人，让他们暴尸荒野，我要捣毁他们的住房和坟墓，留给他们废墟一片。"

伊舒姆见埃拉残暴已极，实在是忍无可忍，他再次试图劝说埃拉放弃邪念：

"我的主人啊，有罪的人和无辜的人，献祭的人和不献祭的人，忠孝的人和不忠不孝的人都被你不分青红皂白地杀掉，你连老人、妇女和小孩也不放过，难道你还不能平息你的怒火

201

吗？看看你都干了些什么：你让母亲断了奶水，婴儿因饥饿而死；你剥夺了星辰的光芒，一切都陷于黑暗之中；你让房屋坍塌，甚至让众神失去了住处。可是你能得到什么好处？你只会招来诅咒和痛恨，没人会敬仰你，众神对你恨之入骨，众神之王马尔都克决不会放过你，你胡作非为既害人又害己，难道还不该悬崖勒马吗？"

伊舒姆的一席话像一盆冷水浇灭了埃拉心中的邪念，他狂躁不安的神经慢慢平息下来。他认为是人类的罪恶才激怒了他以至于大开杀戒，现在伊舒姆的话深深地打动了他，后悔不已。埃拉急忙问伊舒姆将来他应该怎么做，伊舒姆见他那颗狂躁不安的心终于平静下来，就劝他去帮助巴比伦人，做他们的朋友，再也不祸害他们，埃拉就听从了伊舒姆的劝告。

于是，埃拉心平气和地对众神说：

"巴比伦的邻国亚述、埃兰等国都垂涎巴比伦的富庶，充满野心，伺机侵略，巴比伦人奋起抗敌，我将助他们一臂之力，助他们打败敌人。"

众神见埃拉有了改邪归正、弃恶从善的念头，都欣喜万分。众神怕埃拉反悔，让他当众发誓保证将功补过。于是埃拉发誓道：

"灾祸过后，大地上的人类将会兴旺发达，大家将过上幸福安乐的日子。削弱了的巴比伦人将会再度强大，巴比伦的女人将会像母羊下崽一样生下七胞胎。巴比伦将会在废墟中复

兴，牲畜将会在巴比伦周围的草原上繁殖。消失的众神将重返巴比伦城，被毁的埃萨格吉拉神庙将会再度辉煌。幼发拉底河和底格里斯河将会河水丰沛，巴比伦城将会重新成为各城市的首都。"

数年之后，巴比伦城果然从废墟中复兴，重新成为一个强大的国家。荒芜的土地上重新披上了新装，草原依旧牛羊成群，果树上硕果累累，大地上一片兴旺发达的景象。巴比伦国王开明有道，国家井然有序，百姓安居乐业。

百姓们齐颂赞歌，他们对众神感恩戴德，他们重建埃萨格吉拉神庙，日夜献祭，虔诚无比，人们年复一年里吟唱一首歌，诉说埃拉如何毁灭国家，发泄怒火，迫使人类和一切生灵屈服，伊舒姆怎样抚平了埃拉的狂躁不安的心，埃拉改邪归正，将功补过，百姓感恩戴德。

埃拉听了这首歌欣喜万分，伊舒姆十分欣慰，众神灵也是大喜过望,，于是，天庭人间一片祥和安宁。

在袅袅升腾的瑞气中，天神齐声祝福：

"借这首歌的吉祥，
歌声所到之处繁荣富强，
对神不敬的地方烟火不旺。
崇敬天神的国王英勇无比，
赞扬天神的王孙所向无敌，

吟诵这首歌的人免受灾难，

高唱这首歌的人能富国兴邦，

尊敬众神的学者备受庇护，

存放此歌于泥版的家庭永享安宁。

即使埃拉雷霆万钧，

塞比提怒不可遏，

也会免于伤害，确保和平，

让这首歌世代传颂，永世不忘，

每寸土地上都把天神的名字传扬。"